いきもの歳時記365日

俳句αあるふぁ編集部 編

毎日新聞出版

はじめに

この本は、一年三百六十五日の日付に沿って、動物を詠んだ俳句を一日一句ずつ掲載しています。楽しく読んで頂けるよう、句や季語の解説、美しい写真を添えました。

わたしたちは、はるか昔から牛や豚や鶏、魚などを食べて生活し、動物たちに生命を支えられてきました。

また動物はともに暮らす対象でもありました。縄文時代から、人は犬と暮らしていたようです。猟犬や牧羊犬、農耕用の牛や馬、伝書鳩など人のために働いてきた動物たち。やがて犬や猫、鳥、兎、金魚などがペットとしてわたしたちの心を癒やす存在となりました。

さらに身の回りの自然には、野鳥や昆虫、鹿、熊、狸などの野生動物がいます。

それらのさまざまな動物の姿が、俳句に詠まれてきました。

春、夏、秋、冬と移り変わる美しく豊かな自然とともに暮らしてきた日本人は、鶯《うぐいす》に春、時鳥《ほととぎす》に夏、雁に秋の訪れを感じ、蟬の殻である空蟬《うつせみ》（夏）に人の世のはかなさを重ね、虫の音（秋）にもののあわれを感じとってきました。

江戸時代に俳諧連歌《はいかいれんが》の冒頭の発句《ほっく》から生まれた俳句にも、そんな和歌の美意識が引き継がれ、人々はそれぞれの季節の動物に心を寄せ、俳句に詠んできたのです。

歳時記の「動物」の分類にはたくさんの動物の名が季語として掲載されていますが、身近な動物たちには四季折々の季語があります。

鶯は春の季語ですが夏の鶯は老鶯《ろうおう》、冬の地鳴きを笹鳴《ささなき》といいます。鹿は秋の季語ですが落し角は春、落ちた角の後に生えるやわらかな袋角《ふくろづの》が夏の季語になっています。

雀や猫や馬や鳥は、それ自体季語ではありませんが、子雀（春）稲雀（秋）寒雀（冬）ふくら雀（冬）、かじけ猫（冬）猫の子（春）恋猫（春）、若駒（春）馬洗う（夏）馬肥ゆる（秋）、鳥帰る（春）鳥交《さか》る（春）渡り鳥（秋）など、それぞれの季節の姿が季語になっています。

現代の俳人たちはキリン、河馬、ゴリラ、ペリカン、象など季語になっていない動物にも心を寄せています。

ともに暮らす猫や犬の愛らしさ、何千キロものはるかな旅をする渡り鳥、七年幼虫として地中で暮らし、地上で一カ月ほどで寿命を終える蟬の短い一生、必死に生まれた川へ戻って産卵し命尽きる鮭。

この世に生まれ、与えられた生命を精一杯生きて死んでゆく動物たちの姿は、同じいきものであるわたしたちに深い感動や喜びを与え、自らの人生を考えさせます。

深く心をつきさすような、またくすっと笑ってしまうような、さまざまな俳句を楽しんでください。

見上げた空高く舞う鳥に心奪われたり、近所を散歩して蝶や虫、木の実を啄む鳥をみつけたり、海や川に釣りに出かけたり、山で思いがけず野生動物を見かけたり、日々の暮らしのなかで動物と出会う機会はたくさんあるでしょう。

そしてふと心動かされたなら、あなたも一句詠んでみませんか。

俳句αあるふぁ 編集部

出典：本書は「俳句αあるふぁＤＩＧＩＴＡＬ」にて二〇二三年四月一日から二〇二四年三月三十一日まで掲載された「いきもの歳時記３６５日」に加筆、訂正を加えたものである。

目次

凡例

- 本書は四月一日から三月三十一日まで、日付に沿って一日一句を掲載、句や季語の解説を付したものである。日付、旧暦、二十四節気、月齢、俳句、季語とその季節、作者名を記し、解説を加えた。
- 旧暦は毎年異なる。日付の下の旧暦は二〇二三年から二〇二四年のものである。
- 二十四節気（立春、雨水など）も二〇二三年から二〇二四年のものである。
- 俳句のなかで誤読や難読のおそれがある文字、俳句独特の読みをするものには、ふりがなをつけた。ふりがなは新仮名遣いとした。
- 季語の表記は基本的に句の表記に合わせたが、わかりやすくするため一般的な歳時記の表記に合わせたものもある。原句が旧仮名遣いでも、季語は新仮名遣いとした。

4月 【卯月《うづき》・卯花月《うのはなづき》】

キリン

4月1日 旧閏2月11日

恋語る魚もあるべし春の海

春の海　春　佐藤春夫《さとうはるお》

きらきらと輝きながら、穏やかな春の海が広がっています。ゆったりと波打つこの海は、命を生み出し育んだ、すべての命の母。新しい命が生まれる季節、海のなかで恋を語っている魚もあることでしょう。

4月2日 旧閏2月12日

うれしさの狐手を出せ曇り花

曇り花（花曇）　春　原《はら》石鼎《せきてい》

曇り空のもと桜が咲いています。狐よ、手を出しなさい、嬉しさを

春の海

ともに分かち合おう、ということでしょうか。あるいは指先を丸くまげた、文楽の「狐手」をイメージし女性に呼びかけているのか、不思議で美しい一句です。

4月3日 旧閏2月13日

蠅生れ早《は》や遁走《とんそう》の翅使ふ

蠅生る　春　秋元《あきもと》不死男《ふじお》

ぶんぶん家を飛び回り、不潔の象徴として嫌われてきた蠅。昔はどこの家にも蠅叩きがありました。生まれたばかりなのに敏捷に逃げ回り、もう自分の身を守る術を身につけているのかと感動し、不憫にも思うのです。

4月4日 旧閏2月14日

春の駒東風《こち》にあらがふごと歩む

春の駒・東風　春　皆川《みながわ》盤水《ばんすい》

春の駒はその年に生まれた馬、若駒のことをいいます。春の訪れを象徴する風、東風に抗うように歩いてゆく若い馬。生の息吹に満ちた、潑溂とした動きです。少し古風な表現の「駒」「東風」が力強さを感じさせます。

4月5日 旧閏2月15日　清明

水替へて清明の日の小鳥籠

清明　春　星野《ほしの》麥丘人《ばくきゅうじん》

小鳥籠の水を替えました。小鳥たちも気持ちよさそうです。今

春の駒

日は二十四節気のひとつ、清明。「清浄明潔《しょうじょうめいけつ》」の略ともいわれ、すべてのものが清らかで、いきいきとした明るい気分に満ちています。

小鳥籠

4月6日　旧閏2月16日

蟲鳥《むしとり》のくるしき春を無為《なにもせず》

春　春　高《たか》橋《はし》睦《むつ》郎《お》

新しい生命の息づく春、虫や鳥たちは、交わり、子を産み育てるという役割を、苦労しながら必死に果たしています。いっぽう人間である自分は、春風駘蕩として眠くなるような春を、何もせずのんびりと過ごしています。

4月7日　旧閏2月17日

乗込《のっこみ》の鮒に堤の高かりき

乗込鮒　春　鈴《すず》木《き》厚《あつ》子《こ》

冬の間水底でじっとしていた鮒が、春になると産卵期を迎え、浅

蝌蚪

瀬や田んぼの用水路などにどんどん集まってきます。乗込鮒です。すごい勢いでやってきた元気いっぱいの鮒も、堤は高くて越えられなかったようですね。

4月8日

旧閏2月18日

川底に蝌蚪《かと》の大国ありにけり

蝌蚪　春　**村上鬼城《むらかみきじょう》**

一匹の雌が一度に数千個の卵を産む蛙。ある日川底を覗いてみると、卵から孵った無数の蝌蚪（お玉杓子）がひらひらと尻尾を揺らし元気に泳ぎ回っていました。まるで川底に蝌蚪の大国が出現したようでした。

4月9日

旧閏2月19日

くすぐつたいぞ円空仏に子猫の手

子猫　春　**加藤楸邨《かとうしゅうそん》**

円空仏は、江戸時代の修験僧、円空が全国各地に残した木彫りの仏像です。子猫がじゃれて手を伸ばすと、いかにもくすぐったそう。自由で荒削りな円空仏と猫の愛らしさを彷彿させる、ユーモラスな作品です。

4月10日

旧閏2月20日

九官鳥同士は無口うららけし

うららけし　春　**望月《もちづき》　周《しゅう》**

人の言葉を真似して喋り、いかにもお喋りな印象の九官鳥。「九

子猫

官鳥同士は無口」という捉え方に意外性があり、楽しい一句になりました。空は明るく晴れ、のんびりと気持ちよい春の一日です。

4月11日　旧閏2月21日

けふ虻の強き翅音を味方とす　今野《こんの》福子《ふくこ》

虻　春

乗り越えなければならないこと、心に秘めた決意があります。ブーンと大きな翅音をたてて飛んでいる虻。いつもは煩わしい虻の翅音が、今日は、一歩前へ踏み出すための後押しとなってくれる気がするのです。

4月12日　旧閏2月22日

とぶ鶉《うずら》鼠の昔忘るるな　小林《こばやし》一茶《いっさ》

田鼠《でんそ》化《か》して鶉となる　春

「田鼠化して鶉となる」は古代

鶉

中国の天文学による七十二候のひとつで清明の第二候。田鼠はもぐらの別称です。春の陽気に誘われ、もぐらが鶉になるというのです。実際にはあり得ない空想を楽しみながら、飛ぶ鶉を見ています。

4月13日

旧閏2月23日

真つ青な雨降り春蚕《はるご》めざめけり

春蚕　春　中尾公彦《なかおきみひこ》

春に孵化した蚕、春蚕。旺盛な食欲で桑の葉を食べ、休眠と脱皮を繰り返して約四週間で繭となります。青々とした木々を濡らす雨のなか、春蚕がめざめ、桑の葉を食べ始めます。その音は、降り続ける雨のようです。

4月14日

旧閏2月24日

寄居虫《やどかり》が抱へて測る次の貝

寄居虫　春　須川洋子《すがわようこ》

巻貝の貝殻を背負って暮らす寄居虫。体の成長に合わせ大きな貝に引っ越さなければなりません。貝の大きさは入り口にハサミを当てて測ります。自分の命を守る家ですから、貝を抱えて慎重に測っているようですね。

4月15日

旧閏2月25日

鶯のいちぶ始終のやさしさよ

鶯　春　後藤夜半《ごとうやはん》

鶯は「ホーホケキョ」と美しい声で春を告げ、古くから日本人に

愛されてきました。冬の「笹鳴《ささなき》」から春の「初音《はつね》」「鶯の谷渡り」などの鳴き声、姿かたち、それらすべてがやさしく、愛おしく感じられます。

4月16日　旧閏2月26日

鳥の巣に鳥が入つてゆくところ

鳥の巣　春　波多野爽波《はたのそうは》

鳥が巣に入っていくという何気ない景。余計な情報を省き、見たままその瞬間を写生したことによって、読む者はさまざまな思いをふくらませます。「俳句スポーツ説」「多作多捨」を唱えた爽波の昭和十六年、十八歳の作です。

4月17日 旧閏2月27日

留守番の文鳥に摘むはこべらを

はこべら　春　高田正子《たかだまさこ》

道端で蘩蔞（はこべ、はこべら）をみつけました。春の七草のひとつで、茎や葉がやわらかく、小鳥の餌にもなります。「留守番の文鳥」、まさに家族の一員ですね。文鳥への愛情が伝わり、優しい気持ちになる一句です。

4月18日 旧閏2月28日

面白や馬刀《まて》の居る穴居らぬ穴

馬刀　春　正岡子規《まさおかしき》

馬刀貝《まてがい》（馬蛤貝）は、長さ十二、三センチほどの細長い円筒形の貝。砂浜に垂直に穴を掘って潜っています。穴をみつけて塩を入れると、反応して飛び出してくるのです。さあ、この穴はどうでしょうか。

4月19日 旧閏2月29日

まばたきの子象よ春はこそばいか

春　春　神野紗希《こうのさき》

大きな体に、睫毛が長く愛らしい小さな目。子象がまばたきをしているのは、なんだかむずむずするのでしょうか。のどかでうららか、どこかくすぐったいような、のんびりとした春の気分を感じさせる一句です。

子象

4月20日　旧3月1日　穀雨

よこたへて金ほのめくや桜鯛

桜鯛　春　阿波野青畝《あわのせいほ》

桜鯛は、桜の季節、三月から五月に漁獲される真鯛。産卵期で桜色に染まっています。新鮮で美しく、ほのかに金色の輝きを感じさせる桜鯛。「金ほのめくや」とその美しさ、豪華さを讃えます。

4月21日　旧3月2日

雀の子一尺とんでひとつとや

雀の子　春　長谷川双魚《はせがわそうぎょ》

地上に舞い降りた雀の子が、初めて一尺（約三十センチ）ぴょんと跳びました。数え歌や手毬唄を

思わせる「ひとつとや」が、雀の子のいきいきとした動き、愛らしさを感じさせます。次への期待を込めて愛情深く見守ります。

4月22日 旧3月3日

啜り泣く浅蜊のために灯を消せよ

磯貝《いそがい》碧蹄館《へきていかん》

浅蜊　春

浅蜊を塩水に入れて砂抜きをしています。時々動いて音がするのを、浅蜊が啜り泣いている、と擬人化して詠みました。灯を消せば心おきなく泣けるでしょう。実際に、暗くした方が安心して動きが活発になるということです。

4月23日 旧3月4日

裏がへる亀思ふべし鳴けるなり

石川《いしかわ》桂郎《けいろう》

亀鳴く　春

肺結核を病み、自宅のベッドで寝たままの暮らし。裏返った亀が起き上がれずにもがく姿のようです。どこからか、亀の鳴く声が聞こえる気がします。遺句集『四温』（昭和五十一年刊）所収、晩年の哀感に満ちた一句です。

4月24日 旧3月5日

蝶よ川の向こうの蝶は邪魔ですか

池田《いけだ》澄子《すみこ》

蝶　春

令和四年、ロシアのウクライナ侵攻が始まってからの一句です。

蝶は川の向こうの蝶を邪魔に感じることはないでしょう。では人間は？「邪魔ですか」という問いに、さまざまな思いが胸に迫ります。

紋黄蝶

4月25日 旧3月6日

公達《きんだち》に狐化けたり宵の春

宵の春　春

与謝蕪村《よさぶそん》

春の宵、狐が公達に化けてそぞろ歩きます。春の宵のなまめかしい雰囲気と、狐の化けた平安時代のやんごとなき貴公子との組み合わせが妖艶な気分を醸し出す、幻想的な世界。蕪村らしい王朝趣味の情緒溢れる一句です。

4月26日 旧3月7日

毛を剪りし羊の足の立上がり

羊の毛刈る　春

依田明倫《よだめいりん》

牧場では三月から五月に羊の毛を刈ります。羊毛を利用するため品種改良された羊は毛が自然に生え替わらないのです。おとなしくされるがままだった羊が、終わった途端素早く立ち上がります。やはり我慢していたのでしょうね。

狐

雉

4月27日 旧3月8日

つじかぜやつばめつばくろつばくらめ

つばめ　春　日夏耿之介《ひなつこうのすけ》

辻風（つむじ風）に乗って、燕たちが勢いよく旋回して空に飛び交います。「つばめ」に「つばくろ」「つばくらめ」と燕の異名を重ねたことで、たくさんの燕たちの動きと勢いがダイナミックに感じられます。

4月28日 旧3月9日

雉鳴けりラテン語ゼミのたけなはに

雉　春　柏原眠雨《かしわばらみんう》

ラテン語ゼミの授業をしています。授業中、ふとケーンケーンと雉の声が聞こえてきました。民話や童謡でも昔から日本人になじみの深い雉。どっぷり浸っていた古代ローマの世界から、一瞬にして呼び戻されました。

4月29日 旧3月10日 昭和の日

あたたかや仔犬の瞳葡萄色

あたたか　春　甲斐由起子《かいゆきこ》

仔犬の瞳を覗き込むと、引き込まれるような美しい葡萄色をしていました。やわらかく潤んだ瞳が、

子犬

みずみずしい葡萄と響き合います。春の心地よいあたたかさのなか、愛らしい仔犬が心もやさしくあたためてくれます。

4月30日　旧3月11日

烏賊に触るる指先や春行くこころ

中塚《なかつか》一碧楼《いっぺきろう》

春行く　春

指先が烏賊に触れた時、つるんとやわらかな弾力のある独特の触感に、過ぎていこうとする春を感じました。新傾向俳句の先駆けとなった一碧楼の第一句集『はかぐら』（大正二年刊）の一句です。

蛍烏賊

5月 【皐月《さつき》・菖蒲月《あやめづき》】

青鷺

5月1日　旧3月12日　メーデー

鳩踏む地かたくすこやか聖五月

聖五月　夏　平畑《ひらはた》静塔《せいとう》

五月は聖母マリアの月。カトリックでは五月を「聖母月」と呼び、聖母マリアを讃美し祈りを捧げます。精霊の象徴、平和のシンボルである鳩が元気に歩いています。神の祝福の下、すべてが健やかにめぐります。

5月2日　旧3月13日　八十八夜

小瑠璃飛ぶ選ばなかつた人生に

小瑠璃　夏　野口《のぐち》る理《り》

小瑠璃が飛んでいきました。自分の名「る理」に似た名の、鮮や

小瑠璃

かな青の美しい小鳥です。ふと、自分が選ばなかった道を思いました。いまとは違うもうひとつの人生へ向かって、小瑠璃は飛んでいくようでした。

5月3日 旧3月14日 憲法記念日

はるかなる松蟬《まつぜみ》をきく静かさよ
松蟬 春　五十嵐《いがらし》播水《ばんすい》

四月から六月にかけて松林に現われる春蟬《はるぜみ》は、松蟬ともいわれます。高い木の梢に多く、姿を見ることは難しい松蟬。ジーッ、ジーッと遠くから聞こえる声に耳を澄ませていると、静けさがよりきわだって感じられました。

春蟬（群馬県・赤城山）

5月4日 旧3月15日 みどりの日

盲導犬にこにこ歩くみどりの日
みどりの日 春　こしのゆみこ

今日はみどりの日です。新緑の美しい季節、その微妙な色合いに見とれ、木々の葉ずれの音を聞きながら散歩する楽しさ。大地や草花の匂いを感じているのでしょうか、盲導犬も楽しそう。にこにこ笑っているようです。

5月5日 旧3月16日 こどもの日

雀らも海かけて飛べ吹流し
吹流し 夏　石田《いしだ》波郷《はきょう》

鯉幟とともに五色の吹き流しが大空を舞っています。雀たちよ、空を泳ぐ鯉のように海を越え颯爽と飛んでいきなさい。長男が誕生した昭和十八年頃の、明るい未来への希望が伝わる一句。波郷は雀の句を数多く詠んでいます。

5月6日 旧3月17日 立夏

かはほりは火星を逐はれ来しけもの

かわほり　夏　三橋《みつはし》鷹女《たかじょ》

「かはほり」は蝙蝠《こうもり》の古名。火星から逐われてきた獣とは大胆な発想ですが、なるほど、そんな気もしてしまいます。しかし中国では蝙蝠は長寿の象徴、幸運を招く縁起物。日本でも明治中期までは縁起の良い動物でした。

5月7日 旧3月18日

翡翠《かわせみ》の影こんこんと遡《さかのぼ》り

翡翠　夏　川端《かわばた》茅舎《ぼうしゃ》

木の枝などからじっと魚を狙う翡翠。影が色濃く鮮やかに川の水面に映っています。影をみつめていると、視線は川の流れに引っ張られ、影が反対に遡ってゆくように感じられます。こんこんと水は流れ、影は遡り続けます。

蝙蝠

翡翠

5月

5月8日 旧3月19日

人間も山椒魚も愉快なり

山椒魚　夏　杉田《すぎた》菜穂《なほ》

ずんぐりした大きな体に小さな目、暗がりでじっとしている山椒魚。何を考えているのか、見れば見るほどその存在はユニークで愉快です。こちら側で見ている人間たちもまた。楽しい気分にさせてくれる一句です。

5月9日 旧3月20日

揚羽追ふこころ揚羽と行つたきり

揚羽　夏　髙柳《たかやなぎ》克弘《かつひろ》

美しく大きな夏の蝶、揚羽蝶が飛んでいきました。心をかきたてるような神秘的な美しさ、強さ、激しさ。揚羽蝶に捕われた自分の心も、現実から離れ、目に見えないもうひとつの世界へ行ってしまったようです。

揚羽蝶

5月10日 旧3月21日

愛鳥日たまごボーロをお茶うけに

愛鳥日　夏　本多《ほんだ》遊子《ゆうこ》

五月十日は愛鳥日。この日から一週間が愛鳥週間、バードウィークとして、さまざまな行事が行われます。ゆっくりとお茶を飲みながら、やさしい甘さの丸いお菓子、鳥の卵のように愛らしい玉子ボーロを頂きます。

5月11日 旧3月22日

逍遥遊《しょうようゆう》虚々々々々と夏鶯

夏鶯　夏　小林《こばやし》貴子《たかこ》

「逍遥遊」とは荘子《そうし》の言葉で、何ものにもとらわれない自由の境地をさします。「虚」という字の繰り返しで表したのは夏鶯の鳴き声。夏鶯の声を聞きながら、現実を離れて虚の自由な世界に遊びます。

5月12日　旧3月23日

天使魚《てんしうお》の愛うらおもてそして裏

天使魚　夏　中原道夫《なかはらみちお》

天使魚はエンゼルフィッシュの別称です。大きな鰭《ひれ》を翻しゆったり泳ぐ美しい姿は天女のよう。どちらが表か裏か、愛情の裏返しというように一筋縄ではいかない愛の姿を重ねます。裏がほんとうは表かもしれません。

5月13日　旧3月24日

鸚鵡《おうむ》籠提げて水夫や初夏の街

初夏　夏　安田北湖《やすだほっこ》

天使魚

鸚鵡籠を提げて歩く水夫。明るい海と色鮮やかな鸚鵡、初夏の港町の情景です。虚子が「北米に北湖あり、南米に念腹《ねんぷく》あり」と讃え

た北湖。大正十三年から「ホトトギス」に投句、アメリカ・ロサンゼルスで活躍しました。

5月14日 旧3月25日

雨しとど流されまいぞ目高の子

目高　夏　高《たか》木《ぎ》晴《はる》子《こ》

強い水流を嫌い、溜め池や用水路、水を張った田んぼなど流れのゆるやかなところに生息する目高。今日は雨が降りしきっています。必死に水の流れに抵抗する小さな目高の子を心配し、やさしくみつめます。

5月15日 旧3月26日

青嵐雀の喧嘩空へ地へ

青嵐　夏　神蛇《かんじゃ》　広《ひろし》

豊かに茂る青葉を吹き荒らす青嵐。強い風が吹き抜けるなか、雀たちが激しく空へ、地へと舞い、争っています。激しいけれど明るく爽快な青嵐と、懸命に生きる小さな雀たちの姿が響き合います。

5月16日 旧3月27日

水揚げの鯖が走れり鯖の上

鯖　夏　石《いし》田《だ》勝《かつ》彦《ひこ》

早朝、漁から戻ってきたばかりの船から、新鮮な鯖が水揚げされていきます。次から次へと重なり、

雀

積み上げられる鯖。新しく水揚げされた鯖が網から落とされ、鯖の上を滑っていきます。大漁に活気溢れる港の景です。

5月17日 旧3月28日

孵らざるものの声する青蘆原

青蘆原　夏　大石悦子《おおいしえつこ》

青々と蘆の茂った涼やかな蘆原が広がっています。たくさんの命を育む青蘆原。鳥や蛙などいきものの声が賑やかに響き、生の喜びを感じます。同時に、この世に生まれ出なかった命の存在が静かに心に迫ってきました。

5月18日 旧3月29日

青大将に生れ即刻殺《う》たれたし

青大将　夏　宮入《みやいり》聖《ひじり》

青大将は日本最大級の蛇。人に嫌われる蛇として生まれ、すぐにでも打ち殺されてしまいたい。生への深い絶望を感じさせる、第一句集『聖母帖』（昭和五十六年刊）の峻烈な一句です。

5月19日 旧3月30日

後朝《きぬぎぬ》のおほきな毛虫みて帰る

毛虫　夏　榮《さかえ》猿丸《さるまる》

女性と一夜をともにした翌朝の帰り道、大きな毛虫に遭遇しました。情愛に満ちた時間を過ごした後の毛虫。身も蓋もないようなさっぱりと乾いた逢瀬の描き方がユニークでいっそすがすがしい、現代的な一句です。

青葦原

草かげろう

5月20日　旧4月1日

草かげろふ夜をみづみづしくしたり

草かげろう　夏　小島《こじま》　健《けん》

草蜉蝣《くさかげろう》はクサカゲロウ科の昆虫の総称です。全体が淡い緑色で透けた羽を持ち、いかにも弱々しくはかなげな草蜉蝣。そこにいるだけで、夜の空気はしっとりと水を含んだような艶を感じさせます。

5月21日　旧4月2日　小満

明易《あけやす》の鯨のこゑといふがやさし

明易し　夏　中田《なかた》　剛《ごう》

夜明けが早くなってきました。遠くから聞こえる、あれが鯨の声でしょうか、心癒やされる声です。

河鹿

袋角の子鹿（奈良市・奈良公園）

鯨は声帯を持たず、鼻の奥のひだを震わせて音を出して仲間とコミュニケーションをとり、物の位置や大きさを測ります。

5月22日　旧4月3日

河鹿《かじか》鳴く中に瀬音はゆくばかり　皆吉爽雨《みなよしそうう》

河鹿　夏

河鹿蛙は渓流に棲む蛙。鹿の声に似た、口笛のような澄んだ美しい鳴き声が、昔から日本人に愛されてきました。時折聞こえる河鹿の声にじっと耳を澄ませます。小さな瀬音を響かせながら、川は静かに流れ続けます。

5月23日 旧4月4日

袋角《ふくろづの》夕陽を詰めてかへりゆく

袋角　夏　澁谷《しぶや》道《みち》

鹿の角は毎年抜け落ち、新しい角が生えてきます。生え始めの若い角が袋角です。ねぐらへ帰る鹿の、夕陽に赤く染まった袋角。皮膚で包まれてまだやわらかく、なかにはあの夕陽のような赤い血が勢いよく流れています。

5月24日 旧4月5日

ががんぼが墜ちるテレビと壁の間《あい》

ががんぼ　夏　星野《ほしの》恒彦《つねひこ》

よく似た蚊よりはるかに大きく、足がとても長いががんぼ。追い払おうとしたら、テレビと壁の間に落ちてしまいました。あーあ、とため息。大げさな「墜ちる」もユーモラスです。情景が目に浮かぶようですね。

5月25日 旧4月6日

目つむりていても吾を統《す》ぶ五月の鷹

五月　夏　寺山《てらやま》修司《しゅうじ》

風薫る五月、広々とした空を飛翔する精悍な鷹の姿。たとえ目をつぶっていても、心には眩しい五月の空が広がり、そこに君臨する一羽の鷹が自分を支配し導いています。青年の矜持と自信が伝わる、清新な一句です。

5月26日 旧4月7日

胃の中に入りて虎魚《おこぜ》のにらみゐる

虎魚　夏　宮坂《みやさか》静生《しずお》

奇怪な顔つきで、体に鱗はなく

虎魚

棘だらけの醜い虎魚。棘には毒もあります。その外見に反して、食べると上品な白身でおいしい高級魚です。しかし胃の中へ入ってもまだ、にらまれているような気がします。

雪加

5月27日 旧4月8日

見失ふ雪《せっ》加《か》の声の残りをり

雪加　夏　松田《まつだ》美子《よしこ》

水田地帯に、「ヒッヒッヒッヒッ」と雪加の高い声が聞こえてきます。雀より小さな鳥で、飛んでいる姿は目で追うのがやっと。見失ってしまいましたが、その特徴ある声だけはずっと響いていました。

5月28日 旧4月9日

蛇の衣《きぬ》草の雫に染まりけり

蛇の衣　夏　巖谷《いわや》小波《さざなみ》

蛇は脱皮を繰り返し、成長していきます。濡れて光っているぬけがらが、草に絡まっているのをみつけました。薄く繊細なぬけがらの美しさ。草からこぼれ落ちた雫に染まって、息づいているようでした。

5月29日 旧4月10日

五《ご》位《い》鷺《さぎ》の声したたるや走梅雨

走梅雨　夏　市村《いちむら》究一郎《きゅういちろう》

五位鷺は、夕方から川や池へ出かけて魚を捕る夜行性の鷺。夜空からクワックワッと声が聞こえてきます。梅雨にはまだ早いのに雨の日が続く、走り梅雨の日々。五位鷺の声も、雨ににじんで滴るように感じられました。

五位鷺

5月30日　旧4月11日

月のいろして鮎に斑のひとところ

鮎　夏　上村占魚《うえむらせんぎょ》

清らかな水に育ち、気品ある姿から清流の女王とも呼ばれる鮎。胸びれ近くの斑の色を夜空に輝く月の色と詠み、その美しさを讃えます。占魚の故郷、熊本県の球磨川の鮎は有名で、「わが里は球磨の人吉《ひとよし》鮎どころ」の句も。

5月31日　旧4月12日

蟾蜍《ひきがえる》長子家去る由《よし》もなし

蟾蜍　夏　中村草田男《なかむらくさたお》

長子である自分が家を去る理由はなく、この家を出ていくことなど考えられません。一家の長子としての宿命と家を引き受ける覚悟が、蟾蜍のどっしりとした存在感と重なります。第一句集『長子』（昭和十一年刊）所収。

鮎

6月 【水無月《みなづき》・風待月《かぜまちづき》】

蛍の乱舞

6月1日 旧4月13日

翅《はね》わっててんたう虫の飛びいづる

てんとう虫　夏　高野素十《たかのすじゅう》

赤地に黒い水玉が可愛い天道虫。いきなり翅を広げて、飛び立ちました。下にある飛翔用のやわらかい翅で飛ぶために、赤い翅を大きく割った瞬間をスローモーションのように捉えた、素十の代表作のひとつです。

6月2日 旧4月14日

トタン屋根の上で崩れるまで孔雀

無季　田中亜美《たなかあみ》

私は、安っぽいトタン屋根の上で大きく鮮やかな飾り羽を広げて舞う孔雀。舞いを止め崩れ落ちた瞬間、夢から覚めたように、地味でちっぽけな自分に戻るでしょう。でもそれまでは誇り高く美しく生きるのです。

天道虫

蜘蛛

6月3日 旧4月15日

蜘蛛に生れ網をかけねばならぬかな

蜘蛛　夏　高浜虚子《たかはまきょし》

蜘蛛の巣は気味悪がられたり、

残酷と思われがちです。しかし蜘蛛に生まれたからには、網をかけ、虫を捕えて食べて生きていくしかありません。人を含めすべてのいきものが、それぞれの宿命を背負って生きているのです。

6月4日 旧4月16日

うまれた家はあとかたもないほうたる

ほたる　夏　種田《たねだ》山頭火《さんとうか》

山口県防府《ほうふ》市で大地主の長男として生まれた山頭火。漂泊の日々を送った山頭火が、亡くなる二年前、昭和十三年に故郷を訪れて詠んだ句です。屋敷はもうあとかたもなく、闇に舞う蛍のはかない光が寂寥感を深めます。

6月5日 旧4月17日

今度こそ筒鳥を聞きとめし貌《かお》

筒鳥　夏　飯島《いいじま》晴《はる》子《こ》

筒鳥はカッコウ科の夏鳥。「ポポ、ポポ」と紙筒の口を叩くような声で鳴きますが、くぐもった声で聞き取りにくいのです。ずっと皆で耳を澄ませていたら、あ、と仲間の嬉しそうな顔。ようやく聞こえたようですね。

6月6日 旧4月18日 芒種

雨の階段あたらしくぶんぶんが死ぬ

ぶんぶん　夏　今泉《いまいずみ》礼《れ》奈《な》

ぶんぶんは、ブンブン羽音を立てて飛び回る、黄金虫やかなぶん

筒鳥

黄金虫

の仲間の俗称です。死んだばかりのぶんぶんの金属光沢のある体が、階段で雨に濡れています。「あたらしく」死ぬという表現に、はっとさせられます。

6月7日　旧4月19日

比ぶるなかれ一八《いちはつ》と犬の舌

一八　夏　島田《しまだ》牙城《がじょう》

あやめに似た美しい花、一八の大きく繊細な花びらが、犬の舌を思わせました。「比ぶるなかれ」という逆説的な表現が楽しい一句です。舌を出してハアハアと荒い呼吸をしている元気な犬の姿も思い浮かびます。

6月8日　旧4月20日

するすると岩をするすると地を蜥蜴

蜥蜴　夏　山口《やまぐち》誓子《せいし》

人がいないと石垣の上などでじっと日光浴をしていますが、動きは敏捷ですぐ逃げてしまう蜥蜴。人の気配を感じ、岩場を、地面をさっと走っていきました。「するするすると」が滑るようなめらかさと自在な動きを伝えます。

6月9日　旧4月21日

青蛙おのれもペンキぬりたてか

青蛙　夏　芥川《あくたがわ》龍之介《りゅうのすけ》

フランスの小説家ジュール・ルナールの『博物誌』にある詩「青

とかげ――ペンキぬりたてご用心」を踏まえた句です。鮮やかな黄緑色の青蛙。ぴかぴかで、濡れてぬるっとした質感、なるほどペンキぬりたてのようです。

6月10日 旧4月22日

ちやぐちやぐ馬こ飾らぬ馬のかがやけり

ちゃぐちゃぐ馬こ　夏　戸塚時不知《とつかときしらず》

岩手県滝沢市と盛岡市で、馬に感謝する祭り、チャグチャグ馬コが行われています。華やかに飾られた百頭以上の馬が、鈴の音を響かせて練り歩くのを見ながら、何も飾らない馬の素朴な美しさに、ふと気づいたのです。

落し文

6月11日 旧4月23日 入梅

郭公の声のあけくれ吾子育つ

郭公　夏　木村蕪城《きむらぶじょう》

明けても暮れても、郭公の声を聞きながら、子供は育っていきます。鳥取県から信州に移り住み、諏訪湖畔に暮らした蕪城。豊かな自然に囲まれ、郭公のよく鳴くこの地で子供を得た心の弾みが感じられます。

6月12日 旧4月24日

落し文ひらきて罪をひとつ負ふ

落し文　夏　大橋敦子《おおはしあつこ》

落し文という虫は葉をくるくる丸く巻き、卵を産みつけて地上に落とします。それが可愛くて手に取り、ひらいてしまいました。もう卵は孵化することができません。小さな命を奪うという罪を、ひとつ背負ってしまったのです。

6月13日 旧4月25日

葭切《よしきり》や葭まつさをに道隠す

葭切　夏　村上鞆彦《むらかみともひこ》

美しい風の吹き渡る青蘆原の道を歩いています。青々とした葭が視界をさえぎるほど高く生い茂り、道の先は隠されて、どこかに迷い込んでしまったようです。蘆原のなかに、賑やかな葭切の声だけが響きます。

6月14日 旧4月26日

こんなにも大きな波へ亀の子は

亀の子　夏　高畑浩平《たかはたこうへい》

小さな石亀の子が海に向かい、大きな波に翻弄されながら果敢

海亀

に泳いでいきます。自分がやるべきことを、生まれながらにちゃんと知っているのです。驚きと感動、小さな命への愛おしさが、呟きのような一句から伝わります。

6月15日 旧4月27日

時鳥《ほととぎす》厠半ばに出かねたり

時鳥　夏　**夏目《なつめ》漱石《そうせき》**

時鳥が鳴いているけれど、間がわるくトイレの途中なので聞きに出ることはできません。「障る事ありて或人の招飲を辞したる手紙のはしに」と前書きにあります。時の総理大臣西園寺公望からの招待を断った時の句です。

時鳥

6月16日 旧4月28日

露地裏を夜汽車と思ふ金魚かな

金魚　夏

攝津幸彦《せっつゆきひこ》

小さな飲み屋やスナックからもれる明り。露地裏は夜汽車のようです。作者は金魚の目を通してその光景をみつめているのでしょうか。子供時代の記憶を呼び起こし、なつかしさと寂しさを感じさせる句です。

6月17日 旧4月29日

あめんぼの耳うちしては弾けけり

あめんぼ　夏

山本良明《やまもとよしあき》

長い足を使って、水面を忍者のようにすいすい泳いでいくあめんぼ。表面張力に加え、足先の毛にしみこませた油で水を弾いて、水に浮いているのです。仲良く仲間に耳打ちしては、またね、と離れてゆくようでした。

6月18日 旧5月1日

白鷺の風を抱へて降りにけり

白鷺　夏

西山《にしやま》　睦《むつみ》

真っ白な鷺が大きく羽を広げ、心地よい風が吹き抜ける、青々とした田んぼの上を飛んでいます。やがてふわりと舞い降りました。まるで風を抱きかかえるような、優雅で美しい姿でした。

6月19日 旧5月2日

かたつぶり角《つの》ふりわけよ須磨明石

かたつぶり　夏

松尾芭蕉《まつおばしょう》

「這ひ渡るほど」、這っていける

ほど近いと『源氏物語』にある須磨と明石。かたつむりよ、二本の角で二つの名勝を振り分けて指し示してくれ、という機知の句です。『猿蓑』所収、元禄元年（一六八八）、四十五歳の作。

6月20日 旧5月3日

見えかくれ居て花こぼす目白かな

目白　夏　富安《とみやす》風生《ふうせい》

目の周りが白く、鮮やかな黄緑色の体の可愛い鳥、目白。花の蜜が好きで、よく私たちの前に姿を現わします。花びらを散らしながら一生懸命に花の蜜を吸う目白の小さな体が、花の間に見え隠れしています。

目白

6月21日 旧5月4日 夏至

廃校にゐつきてをりし蝮《まむし》かな

蝮 夏 茨木《いばらき》和生《かずお》

元気な子供たちの声が響いていた学校も、いまは廃校になっています。明るい夏の光に照らされながら、しんと静けさに包まれた学校。いつのまにか棲みついた蝮。山の麓の風景や空気感を感じさせる句です。

6月22日 旧5月5日

武者返しまで達したるなめくぢら

なめくじら 夏 杉原《すぎはら》祐之《ゆうし》

敵の侵入を防ぐため、石垣などが上に行くほど反り返っている武者返し。ゆっくり這って、必死に登っていったなめくじですが、この先どうなることやら。なんだか応援してあげたい気持ちになりますね。

6月23日 旧5月6日

遠い遠い慈悲心鳥《じひしんちょう》と思はるる

慈悲心鳥 夏 松澤《まつざわ》昭《あきら》

山深く、遠いところからかすかに聞こえる鳥の声。心にしみるあの声は、きっと慈悲心鳥でしょう。慈悲心鳥はカッコウ科の鳥、十一《じゅういち》の古名で、それぞれ鳴き声をジヒシン、ジュウイチと聞きなして名がつきました。

6月24日 旧5月7日

ベラの海大きな他人《ひと》と並ぶかな

ベラ 夏 宇多《うだ》喜代子《きよこ》

堤防にいろいろな人が並び、べら釣りをしています。「大きな他人」から、たまたま隣にいる釣り好きの男性の姿が思い浮かびます。目の前に広がる海、夏の光。釣り人たちの平和で楽しげな情景です。

6月25日 旧5月8日

梅雨の犬で氏も素性もなかりけり

梅雨 夏 安住《あずみ》敦《あつし》

降り続ける梅雨の雨。ずぶ濡れになった野良犬の姿に哀れを覚えます。昭和二十八年の作。放し飼

ベラ

いの犬や野良犬を町でも多くみかけた時代です。つき放したような言い方が、犬の哀れさをきわだたせます。

6月26日 旧5月9日

音楽漂う岸侵しゆく蛇の飢《うえ》
赤《あか》尾《お》兜《とう》子《し》

蛇 夏

一匹の飢えた蛇が、身をくねらせながらじわじわと、音楽が漂う岸を侵していきます。緊迫した不安感や飢餓感、さらに時代を侵蝕してゆく危機感を感じさせる、昭和三十年代の前衛俳句の代表作のひとつです。

蛇

糸蜻蛉

6月27日 旧5月10日

とうすみはこの傾きの家が好き

とうすみ　夏　山口昭男《やまぐちあきお》

「とうすみ」はとうすみ蜻蛉《とんぼ》、糸蜻蛉のことです。水辺でひらひらとゆるやかに羽ばたきながら飛ぶ、糸のように細くか弱げな糸蜻蛉。豪華で立派な家よりも、少し傾いたような、古い家が似合います。

6月28日 旧5月11日

狂ほしき犬の挨拶アマリリス

アマリリス　夏　津川絵理子《つがわえりこ》

期待と喜びを抑えきれず、後ろ足で立ち上がって飛びついてくる犬。「狂ほしき」から、嬉しくてたまらない、興奮状態の可愛い犬の姿が目に浮かびます。まっすぐ伸びた茎にアマリリスが鮮やかな花をつけています。

6月29日 旧5月12日

子を肩に載せて歩けば青葉木菟《あおばずく》

青葉木菟　夏　福永耕二《ふくながこうじ》

夏の夜、子供を肩車して歩く帰り道。高い木の上のほうから、ホ

アマリリス

ー、ホーと声が響いてきました。梟の仲間、青葉木菟です。心にしみわたるような声に、ふたりで耳を澄ませながら歩きます。

6月30日 旧5月13日

小さな鳥になつて茅《ち》の輪《わ》をくぐりけり

茅の輪　夏　井越芳子《いごしよしこ》

六月三十日、半年分の穢れを落し、残り半年の無病息災を祈る夏《な》越《ごし》の祓《はらえ》が各地の神社で行われます。身を清めるため大きな茅の輪をくぐった時、小さな鳥が大空へ羽ばたいていくような明るさと希望を感じました。

青葉木菟

7月【文月《ふづき》・七夕月《たなばたづき》】

海猫

夏燕

7月1日　旧5月14日

潮の香へ開く改札夏つばめ

夏つばめ　夏　奥《おく》名《な》春《はる》江《え》

海辺の駅に降り立ち、夏の海へ向かって改札口を出ると、元気な燕が出迎えてくれました。潮の香りを胸いっぱいに吸い込みます。いきいきと空を舞い、躍動感に溢れる夏燕。心は明るく広がっていきます。

7月2日　旧5月15日　半夏生

金粉をこぼして火蛾やすさまじき

火蛾　夏　松本《まつもと》たかし

火蛾は、夏の夜、灯火に集まってくる蛾をさします。鱗粉を美しくきらめかせ、まきちらしながら乱舞する蛾。街灯の熱さに焼かれながらも舞い続ける蛾の姿に、強い生命力、生命の神秘を感じとります。

7月3日　旧5月16日

山晴るる日は呼び合ひて四十雀

四十雀　夏　中《なか》島《じま》畦《けい》雨《う》

よく晴れて気持ちの良い一日。

四十雀

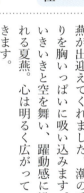

夏の山にツツピー、ツツピーと、四十雀の明るい声が響きます。仲間と会話しているのでしょうか。実際に、四十雀には高度なコミュニケーション能力があるという研究結果があります。

7月4日 旧5月17日

舟虫の逃げに徹せし一生《ひとよ》かな

舟虫　夏　三村《みむら》純也《じゅんや》

磯の岩の隙間や石の下などに生息する舟虫。一目散に逃げる姿しか知りません。まるで逃げるためだけの一生のようです。動きが素早く海のゴキブリともいわれますが、昆虫ではなく海老や蟹など甲殻類の仲間です。

7月5日 旧5月18日

泥鰌《どじょう》浮いて鯰《なまず》も居るというて沈む

鯰　夏　永田《ながた》耕衣《こうい》

泥鰌が川の水底からゆらゆらと浮いてきて、川の中には鯰もいるよと言って、また沈んでいったというユーモラスな一句です。禅の思想に親しみ、混沌を愛した耕衣。濁った水の底に、鯰の気配を感じとったのでしょうか。

7月6日 旧5月19日

山蛭《やまびる》の言い分も聞こうではないか

山蛭　夏　宇多《うだ》喜代子《きよこ》

人間の血を吸う蛭は厄介者。とくに山に入るとき、引っ張っても剝がれにくく、咬まれると血が止まりにくい面倒な山蛭対策は欠かせません。しかしそれも生きるため、と山蛭には山蛭なりの言い分があるのでしょう。

泥鰌

7月7日 旧5月20日 小暑 七夕

子を追つて蟻の国まで来てしまふ

蟻 夏 明隅礼子《あけずみれいこ》

地面にしゃがみ込んでじっと見入っている子供。よく見ると蟻が列をなしています。夢中になって蟻の行列を追う子供の姿を追いかけるうちに、いつしか自分も、蟻の豊かな世界に引き寄せられていました。

7月8日 旧5月21日

鵺《ぬえ》鳴くや退きどき死に際ぬかりあるな

鵺 夏 平井《ひらい》さち子《こ》

鵺はツグミ科の鳥、虎鶫《とらつぐみ》の古名。夜中にヒィー、ヒィーともの悲しく不気味な声で鳴き、日本古来の妖怪「鵺」のイメージの元となりました。これは鵺の鳴き声でしょうか。自分がこの世から消えてゆく時のことを考えます。

鵺（虎鶫）

7月9日 旧5月22日

みみずももいろ土の愉しき朝ぐもり

みみず・朝ぐもり 夏 柴田白葉女《しばたはくようじょ》

曇り空の朝、庭でみつけた蚯蚓《みみず》。優しい桃色と感じました。「みみずももいろ」の平仮名もやわらかく、楽しい気分が伝わります。ぬるぬるして気持ち悪いと敬遠されがちですが、蚯蚓がいる土はふかふかした良い土です。

7月10日 旧5月23日

森涼し裸婦とライオンは眠り

涼し 夏 前川弘明《まえかわひろあき》

木々が豊かに茂る涼しげな森で、裸婦とライオンが安らいで静かに

眠るという美しく幻想的な情景です。後期印象派の画家、アンリ・ルソーが、ジャングルに横たわる裸婦と動物たちを描いた「夢」が思い浮かびます。

7月11日　旧5月24日

枝になりきりし尺蠖《しゃくとり》糞こぼす

尺蠖　夏　加藤《かとう》瑠璃子《るりこ》

尺取虫は芋虫の一種で、尺蛾《しゃくが》の幼虫です。体を曲げ伸ばししながら歩く姿が指で尺を測るのに似ていて、この名がつきました。静止している時は枝にまっすぐ立ち、小枝のよう。ふと糞をこぼし、存在が明らかになりました。

7月12日　旧5月25日

ただならぬ海月《くらげ》ぽ光追い抜くぽ　田島健一《たじまけんいち》

海月　夏

海月が光を放ちながら漂う、「ただならぬ」気配に満ちた美しい情景が浮かびあがります。「ぽ」とは一体何でしょう。わからないまま、意味のある言葉の間にそっと置かれた「ぽ」が、不思議な魅力をもたらします。

7月13日　旧5月26日

羚羊《かもしか》の水場と知らず岩魚釣《いわなつり》　村上喜代子《むらかみきよこ》

岩魚釣　夏

山深い渓流で岩魚釣りをしていると、羚羊の姿を見かけました。

海月

水を飲みにやってきたのでしょう。岩魚は最も標高の高い所に生息する渓流魚。岩魚の棲む川のほとりで、さまざまな動物が命を育んでいます。

7月14日 旧5月27日

羽蟻《はあり》潰すかたち失ひても潰す

羽蟻　夏　澤田和弥《さわだかずや》

家に入り込んでくる羽蟻を潰します。とっくに死んで形もなくなっているのに、何度も何度も力を込めて潰し続けます。第一句集『革命前夜』（平成二十五年刊）所収。その二年後、作者は三十五歳で自ら命を絶ちました。

7月15日 旧5月28日 盆

魚はみな素顔で泳ぐチェホフ忌

チェホフ忌　夏　武藤紀子《むとうのりこ》

今日は、ロシアを代表する劇作家、小説家のチェーホフの忌日です。人間の虚と実、滑稽さややるせなさをえがいたチェーホフ。自分を隠したり飾ったりすることなく、ありのままの「素顔」で泳ぐ魚をみつめます。

飛魚

7月16日　旧5月29日

朝焼の波飛魚をはなちけり

朝焼・飛魚　夏　山口草堂《やまぐちそうどう》

美しい朝焼に染まった夜明けの海。波から勢いよく放たれたように、飛魚が跳ね上がります。天敵から逃げるため海面を猛スピードで滑空する飛魚。飛翔距離は百から三百メートル、時速五十五キロに達するといわれます。

7月17日　旧5月30日　海の日

蚊にもよく喰はれ健康優良児

蚊　夏　杉原祐之《すぎはらゆうし》

いまどきの子にしては珍しく、いつも外を走り回って遊んでいる、元気いっぱいの子供。蚊にもよく喰われ、健康そのものです。よく遊びよく学び、これからも元気に育っていってほしいと願います。

7月18日　旧6月1日

梅雨明や牛にお早う樹にお早う

梅雨明　夏　布施伊夜子《ふせいよこ》

ようやく梅雨が明けました。よく晴れた朝、牛や、木々の滴る緑にお早う、と声をかけます。目に映るさまざまな生命とともに、新しい気持ちで一日をスタートします。弾んだ気持ちが伝わってくる一句です。

牛（ホルスタイン）

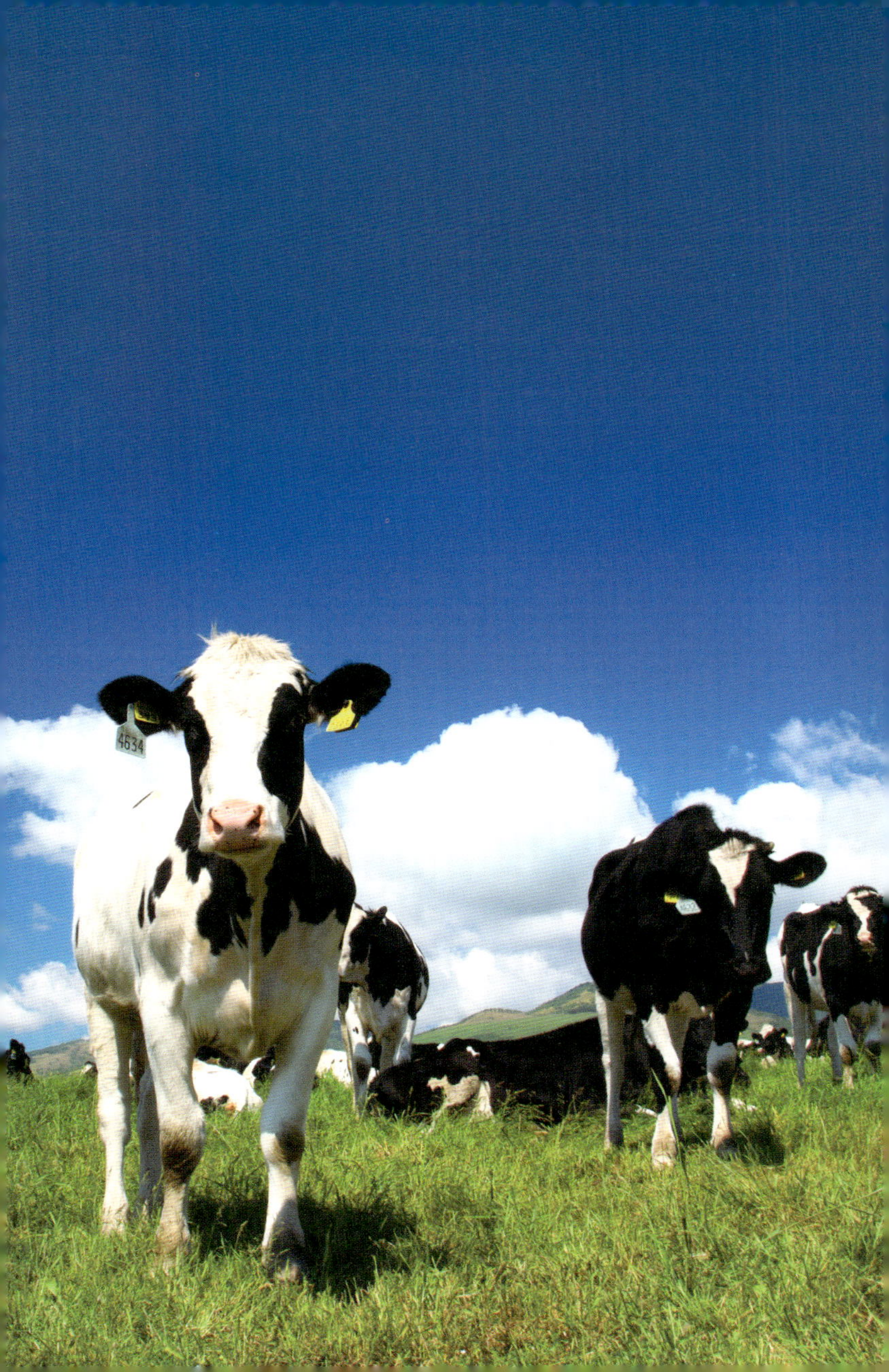
4634

7月19日 旧6月2日

穀象《こくぞう》やわれに貧しき戦後あり

穀象　夏　岡部《おかべ》六弥太《ろくやた》

穀象虫は体長三ミリほどの小さな虫。「米の虫」ともいわれ、米びつの米を食い荒らして人々を悩ませてきました。大正十五年生まれの作者に、戦後の貧しく苦しい日々を思い出させます。

7月20日 旧6月3日

日盛や動物園は死を見せず

日盛　夏　髙柳《たかやなぎ》克弘《かつひろ》

真夏の太陽が照りつける日盛りの動物園。あまりの暑さで人影は少なく動物たちも木陰で休み、深閑としています。その静けさはどこか死の気配すら感じさせます。しかし動物園は決して本当の死を見せることはありません。

7月21日 旧6月4日

天牛《かみきり》の星空の髭長々と

天牛　夏　斎藤《さいとう》夏風《かふう》

体にも触角にも白い斑点を持つ天牛。空に伸ばした長い触角は、星の瞬く夜空のようです。髪を噛み切るほど顎の力が強いため髪切虫といい、長い触角が牛の角を思わせ、空を飛ぶことから天牛と書きます。

天牛

7月22日

旧6月5日

道をしへ一筋道の迷ひなく

道おしえ　夏　杉《すぎ》田《た》久女《ひさじょ》

道おしえは鮮やかな色の美しい虫、斑猫《はんみょう》の別名です。人が近づくと飛んで逃げる動きを繰り返し、道案内をするような道おしえをみつめ、もう迷うことなく、自分の歩むべき道をまっすぐに歩み続けると心に誓うのです。

7月23日

旧6月6日　大暑

涼風の抜けみちはここ馬繋ぐ

涼風　夏　茂《も》木《ぎ》連葉子《れんようし》

ここは涼しい風が吹き抜けていく風の通り道。真夏の灼けつくような暑さのなか、ともに走ってきた馬をいたわり、繋ぎます。馬との豊かな時間を味わい、乗馬を楽しむ日々。馬への愛情が感じられる一句です。

釣り上げられる鯵

7月24日

旧6月7日

夏深し釣られて空を飛ぶ魚

夏深し　夏　澤《さわ》好摩《こうま》

釣りにやってきました。手応え

を感じ、思いきり釣り竿を振り上げると、魚が大きく宙を舞いました。ぴちぴち跳ねながら空を舞う魚の勢いと生命力を感じます。いままさに夏の盛り、やがて夏も去っていこうとしています。

7月25日 旧6月8日

まるまるとゆさゆさとゐて毛虫かな

毛虫　夏　ふけとしこ

毛虫が愛らしく生命力に満ちた存在として表現され、人に嫌われがちな小さないきものへのやさしいまなざしが感じられます。まるまるとした体に栄養を蓄えて、毛虫はやがて蛾へと成長します。

7月26日 旧6月9日

手に軽く握りて鱚《きす》といふ魚

鱚　夏　波《は》多《た》野《の》爽《そう》波《は》

釣りでも人気の高い鱚は、淡泊で味にくせがなく、刺身や塩焼き、天ぷら、フライなどでおいしく頂けます。これから調理を始める料理人の、そっと確かめるような繊細な手の動きと上品な鱚の姿をみつめます。

7月27日 旧6月10日

国引の力もて引け兜虫

兜虫　夏　大谷弘至《おおたにひろし》

体重の約二十倍のものを引くことができるという兜虫。出雲の国に伝わる国引き神話のように、他の国から土地を引っ張ってくるほどの力で引いてごらん、さあ、その力を見せてみなさい。思いを込めて兜虫を見守ります。

鱚

兜虫

7月28日 旧6月11日

夏帽子駝鳥に求愛ポーズされ　松《まつ》野《の》苑《その》子《こ》

夏帽子　夏

駝鳥に求愛されてしまいました。動物園での楽しいひとこまです。駝鳥の繁殖期は三月から九月。雌をみつけると、姿勢を低くしたうえで首や羽を大きく左右に揺らす独特のダンスで求愛します。

7月29日 旧6月12日

柔かく女豹がふみて岩灼くる　富《とみ》安《やす》風《ふう》生《せい》

灼く　夏

じりじりと照りつける真夏の太陽の下、熱く灼けた岩を踏み、足音もたてずに女豹がやってきます。その熱さにもかかわらずいかにも涼しげな、やわらかくしなやかな女豹の動きに魅了されました。

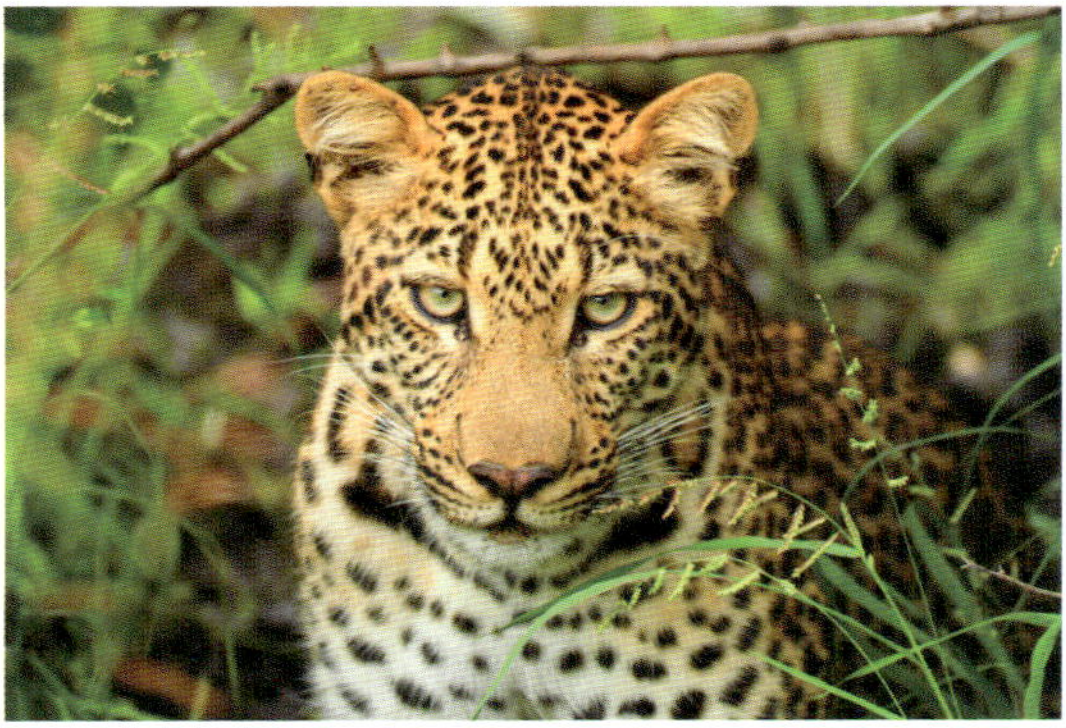

豹

7月30日 旧6月13日

蝶の舌ゼンマイに似る暑さかな

暑さ　夏　芥川龍之介《あくたがわりゅうのすけ》

蝶はくるくると丸まった舌（口吻《こうふん》）を持ち、花の蜜を吸うときは長く伸ばします。繊細に震える舌に金属の発条《ぜんまい》のような勁《つよ》さを感じ、さらに真夏のじりじりとした暑さを感じとりました。龍之介らしい鋭い感覚の一句です。

7月31日 旧6月14日

野馬追《のまおい》の武者を尻目に放れ駒

野馬追　夏　星野立子《ほしのたつこ》

福島県南相馬市で相馬野馬追が行われています。甲冑をまとった約四百騎の騎馬武者が野を駈け、時代絵巻さながらの勇壮な景を繰り広げます。今日はフィナーレの野馬懸《のまかけ》。騎馬武者に追われ、裸馬が疾走します。

相馬野馬追

8月 【葉月《はづき》・月見月《つきみづき》】

野生の馬（宮崎県串間市・都井岬）

油蟬

8月1日 旧6月15日

閑《しずか》さや岩にしみ入《いる》蟬の声

蟬　夏　松尾芭蕉《まつおばしょう》

静寂に包まれた山で、蟬の声が岩の中までしみ入るように響き、一層静けさを感じさせます。俗世の騒がしさから離れた閑寂な世界に、心が吸い込まれていくようです。『おくのほそ道』の旅、山形県の立石寺《りっしゃくじ》での一句です。

8月2日 旧6月16日

まくなぎに目鼻まかして牛の貌

まくなぎ　夏　清崎敏郎《きよさきとしお》

蠛蠓《まくなぎ》は「めまとい」ともいい、うるさくつきまとってくる小さな虫。しかし牛は人間のように追い払うこともせず、悠然としています。あるがままにまかせている牛の、泰然自若とした姿に心ひかれます。

8月3日 旧6月17日

飼猫の柄教へあふ夜の秋

夜の秋　夏　津久井健之《つくいたけゆき》

まだまだ暑いけれど、ふと秋の気配が感じられる夏の夜。それぞれ自分の猫の柄を教え合い、たわいもないけれど猫好きにとってはたまらない話に興じています。静かにゆっくりと、夜は更けていきます。

三毛猫

8月4日 旧6月18日

犬の眼の狼光り木下闇《こしたやみ》

木下闇　夏　中嶋《なかじま》鬼谷《きこく》

犬は二万年から四万年前に狼から進化したといわれています。木下闇は、夏の強い日差しのもと、鬱蒼と茂る木立の下の暗がり。木下闇で光る犬の目は、野生の強さと輝きを放ち、遠い先祖の狼の血を感じさせました。

8月5日 旧6月19日

握りつぶすならその蟬殻を下さい

蟬殻　夏　大木《おおき》あまり

あなたが手にした蟬の抜け殻を、どうか握り潰してしまわないで。繊細な美しさ、造化の神秘とともに、命のはかなさ、尊さ、自然への畏怖の念を感じさせる蟬の殻。切実な思いが感じられる一句です。

8月6日 旧6月20日

原爆許すまじ蟹かつかつと瓦礫あゆむ

蟹　夏　金子《かねこ》兜太《とうた》

「原爆許すまじ」という思いを掲

沢蟹

山繭の繭

げ、かつかつと確かな音をたて、瓦礫という現実を一歩一歩歩いてゆく小さな蟹は、自身の、そして人々の静かな闘志の象徴でしょうか。第一句集『少年』（昭和三十年刊）所収の一句です。

8月7日 旧6月21日

山繭《やままゆ》の手荒きもののうすみどり

山繭　夏　古舘曹人《ふるたちそうじん》

山繭（天蚕《やままゆ》）は野生の大型の蛾。幼虫は櫟《くぬぎ》や楢などの葉を食べて黄緑色の繭を作り、そこから作られる天蚕糸《やままゆいと》は繊維のダイヤモンドといわれ、最上の絹糸として珍重されます。昔ながらの自然が育んだ繭の美しさを讃えます。

8月8日 旧6月22日　立秋

秋立つとしきりに栗鼠のわたりけり

秋立つ　秋　久保田万太郎《くぼたまんたろう》

「軽井沢にて」と前書きのある句です。栗鼠たちがなにやら忙しそうに、木々の枝を次々と渡っていきます。今日は立秋、そんな栗鼠の姿に秋の訪れを感じています。昭和十八年作、句集『これやこの』所収。

8月9日 旧6月23日

戦争にたかる無数の蠅しづか

蠅　夏　三橋敏雄《みつはしとしお》

腐乱した戦死者の死体にたかるおびただしい蠅。そして戦争を商機と捉えて群がり、私利私欲に走る死の商人たちの姿が二重構造となり、無数の蠅の不気味な静けさが、戦争の怖ろしさを伝えます。昭和五十九年作。

8月10日　旧6月24日

長生きの象を洗ひぬ天の川

天の川　秋　桑原三郎《くわばらさぶろう》

年とった象の体を労りながら洗います。夜空にかかる美しい天の川が悠久の時の流れを感じさせます。優しく童話的な情景です。象の寿命は人間以外の陸上の哺乳類のなかでは最も長く、およそ七十年ほどといわれます。

天の川

つくつく法師（法師蟬）

8月11日　旧6月25日　山の日

山の日のゾウリムシってきらつきら

山の日　秋　小川楓子《おがわふうこ》

今日は山の日です。明るい日差しに、水のなかできらきらと輝いているのはゾウリムシ。小さないきものの生命力が眩しく、楽しくなる一句です。ゾウリムシは水生微生物、細胞表面の繊毛を回転させながら遊泳します。

8月12日　旧6月26日

鳴きそめしつくつくぼふしいづれ死ぬ

つくつくぼうし　秋　齋藤《さいとう》玄《げん》

つくつく法師（法師蟬《ほうしぜみ》）が鳴き始めました。地上に生まれ出て数週間、長くても一ヶ月ほどで死んでしまう蟬。自分も手術を重ね闘病中、近いうちに訪れるであろう自らの死を思います。昭和五十四年、死の前年の作です。

8月13日 旧6月27日

鶏たちにカンナは見えぬかもしれぬ

カンナ　秋　渡辺白泉《わたなべはくせん》

誰の目にも鮮やかな真っ赤なカンナ、しかし人間とは色の見え方が異なる鶏には見えないかもしれません。昭和十年作。カンナと鶏は、時代状況に潜む危険（カンナ）を見抜けない大衆（鶏）の暗喩ともいわれます。

8月14日 旧6月28日

小さくて鉦叩《かねたたき》には見えねども

鉦叩　秋　西村麒麟《にしむらきりん》

鉦叩はチンチンチンと鉦を叩くような可愛い音色で鳴く一センチほどの虫です。大上段に構えることなく、日々の出会いや心に触れた小さなできごとを感じたまま詠んで、俳句らしい楽しさを感じさせる一句です。

8月15日 旧6月29日 旧盆

夏蚕《なつご》の座ひろげ玉音聴きたる日

夏蚕　夏　竹内弥太郎《たけうちやたろう》

戦前、農家では貴重な現金収入をもたらす養蚕が盛んに行われ

鉦叩

ていました。昭和二十年八月十五日、蚕を飼育する蚕座《さんざ》を広げたまま、ラジオの前に座り、玉音放送を聞いたこの日のことを、忘れることはできません。

8月16日　旧7月1日

お尻から腐つて来たる瓜の馬

瓜の馬　秋　茨木《いばらき》和生《かずお》

お盆に供えた瓜の馬のユーモラスな一句。胡瓜と茄子を馬と牛に見立て、あの世から来る時は胡瓜の馬で早く、帰りは茄子の牛でゆっくり帰ってもらいます。牛や馬は昔から日本人の暮らしとともにあったことがわかります。

8月17日　旧7月2日

電柱に手を触れてゆくいなご捕り

いなご捕り　秋　桂《かつら》信子《のぶこ》

蝗《いなご》は稲を食べる害虫ですが、昔は貴重な蛋白源として広く食べられ、戦中戦後の食糧難の時代には重宝されて、子供たちも競って遊びのように蝗捕りにでかけました。そんな行き帰り、田んぼの道のひとこまです。

8月18日　旧7月3日

うつくしや鰯の肌の濃さ淡さ

鰯　秋　小島《こじま》政二郎《まさじろう》

戦前から戦後にかけて大衆小説家として活躍、無類の食い道楽と

しても知られた小島政二郎の一句です。漁獲量も豊富で安く、庶民の味として親しまれた鰯をあらためてしみじみと眺め、美しさを讃えています。

8月19日

旧7月4日

しづかなる力満ちゆき螇蚸《はたはた》飛ぶ

螇蚸　秋　加藤楸邨《かとうしゅうそん》

庭の草むらでじっと動かない螇蚸（はたはた、ばった）。みつめていると、次の瞬間、一気に空へ飛び立ちました。静かにゆっくりと全身に力を蓄えていたのです。昭和二十六年、病気の回復期の作。その喜びが伝わります。

螇蚸

8月20日 旧7月5日

稲びかり猫の喧嘩に割つて入る

稲びかり　秋　仲《なか》　寒蟬《かんせん》

にらみ合い、背中を丸め毛を逆立てながら、うなり声をあげる猫、やがて激しい取っ組み合いの喧嘩が始まりました。ぴかっと光った稲光に怯えて、喧嘩は中断。人間の代わりに仲裁に入ってくれたようですね。

8月21日 旧7月6日

石たたきそこは西郷どんの肩

石たたき　秋　近藤《こんどう》　實《みのる》

石叩は鶺鴒《せきれい》のこと。石を叩くように長い尾を上下に振って歩くことから、この名がつきました。町中でも、人を先導するようにちょこちょこと歩く様子が見られますが、いまいるのは、西郷隆盛の銅像の肩の上です。

石叩

8月22日 旧7月7日　旧七夕

邯鄲《かんたん》や紙を千年漉く国に

邯鄲　秋　樫本《かしもと》　由貴《ゆき》

透明な羽を立てて鳴く邯鄲の、寂しげな美しい声が聞こえる紙漉きの里。その名の由来となった故事「邯鄲の夢」の如く、人の栄枯盛衰や人生のはかなさを感じさせる虫の声が、紙漉きの長い歴史を持つ日本に響きます。

8月23日 旧7月8日　処暑

曲《まが》り家《や》に可愛がられて馬肥ゆる

馬肥ゆ　秋　大橋《おおはし》　越央子《えつおうし》

江戸時代に生まれた曲り家は、人と馬がともに暮らすため、母屋

と馬屋が一体になったL字形の造りの民家。とくに岩手県の南部曲り家が有名です。大切に育てられた馬は、健やかに肥えてたくましくなりました。

8月24日　旧7月9日

たましひのたとへば秋のほたるかな　飯《いい》田《だ》蛇笏《だこつ》

秋のほたる　秋

弱々しい光を放つ秋の蛍が、寂しさ、はかなさを感じさせます。青白い光を曳いてひっそりと闇へ消えてゆく魂のようです。別れを告げに来てくれたのでしょうか。昭和三年、自殺した芥川龍之介を悼んで詠んだ句です。

太刀魚

8月25日 旧7月10日

太刀魚は右向け右とならびおる

太刀魚　秋　行川行人《なめかわこうじん》

水揚げの情景か、魚店の店先でしょうか。銀色に輝く太刀魚がずらりと並んでいます。薄く細長い、太刀を思わせる姿の太刀魚。右向け右と号令をかけられ、まっすぐに体を伸ばし、整列しているようです。

8月26日 旧7月11日

嘘も厭さよならも厭ひぐらしも

ひぐらし　秋　坊城俊樹《ぼうじょうとしき》

夕暮れの森で、蜩《ひぐらし》が、カナカナカナと澄んだ声で鳴いています。夏の終わり、そのはかなさがしみじみと胸にしみてきます。小さな嘘や別れ、さまざまな思い出が、切なく思い出されるのです。

8月27日 旧7月12日

白馬を少女瀆《けが》れて下りにけむ

無季　西東三鬼《さいとうさんき》

実景としては乗馬の練習中に泥で汚れた少女のようですが、「瀆れて」が想像をかきたてます。予期せぬ月経の血に汚れた、白馬は男性の象徴で少女が大人になったことを詠んだなど、さまざまな読みがされている句です。

8月28日 旧7月13日

すいっちょん暢気がちやがちや早合点

すいっちょん・がちゃがちゃ　秋　奥坂《おくざか》まや

すいっちょんは馬追《うまおい》虫、がちゃがちゃは轡虫《くつわむし》のこと。それぞれ馬

すいっちょん（馬追）

を追う馬子の舌打ちのような声、馬の轡を鳴らすような騒がしい声から名がつきました。秋の草むらに響き渡る声から、その性格も想像して楽しんでいます。

8月

8月29日

旧7月14日

鈴虫や月のうさぎの眠る頃

鈴虫　秋　山田佳乃《やまだよしの》

ひっそりと静かな夜、リーンリーンと鈴を振るような鈴虫の澄んだ声が響きます。夜空に輝くあの美しい月に棲むという兎も、眠りにつく頃でしょう。鈴虫の声が遠い世界に心をいざないます。

8月30日

旧7月15日

秋の蚊と互いの運を嘆き合わん

秋の蚊　秋　越智友亮《おちゆうすけ》

耳もとに不快な蚊の羽音が聞こえました。「別れ蚊」「残る蚊」「遅れ蚊」とも言われる秋の蚊。うるさいけれど、取り残されたようにどこか弱々しく、動きも鈍った蚊に自分を重ね合わせ、哀れと親しみを感じます。

鳴く鈴虫

8月31日 旧7月16日

風立つとこころ浅間へ草雲雀《くさひばり》

草雲雀　秋

大石香代子《おおいしかよこ》

フィリリリリと澄んだ声で鳴く草雲雀。コオロギ科の虫で朝鈴《あさすず》とも呼ばれます。不意に吹き始めた風に誘われ、心は遠く浅間山麓（長野県）へ。豊かな自然のなか、美しくはかない声で草雲雀が鳴いていることでしょう。

浅間山

9月 【長月《ながつき》・菊月《きくづき》】

秋桜の種を食べる雀

赤蜻蛉

9月1日　旧7月17日　二百十日

肩に来て人懐かしや赤蜻蛉

赤蜻蛉　秋　夏《なつ》目《め》漱石《そうせき》

赤蜻蛉が飛んできて、ふと肩に止まります。人なつっこい蜻蛉に癒やされ、自分も人をなつかしく思います。明治四十三年、危篤状態に陥った約二ヶ月後の作。死の淵から戻り、やさしいまなざしで自然をみつめます。

9月2日　旧7月18日

象も蝶も一頭分の涼新た

涼新た　秋　なつはづき

夏の一時的な涼しさとは違い、秋になって新鮮な涼しさを感じることを「涼新た」「新涼」といいます。体の大きさは全然違いますが、象も蝶も数え方は一頭で同じ。それぞれが、すがすがしい秋の涼しさを感じています。

9月3日　旧7月19日

ペリカンは秋晴れよりもうつくしい

秋晴れ　秋　富澤《とみざわ》赤《か》黄《き》男《お》

晴れ渡った秋空の下、陽を浴びて白く輝く美しいペリカンの姿が目に浮かびます。アンソロジー『現代俳句』（昭和十五年刊）所収の「魚の骨」の一句。初期の作品ですが、古来の情趣にない自由なイメージが羽ばたきます。

ペリカン

9月4日 旧7月20日

かりかりと蟷螂《とうろう》蜂の皃《かお》を食む

蟷螂　秋　山口誓子《やまぐちせいし》

かりかりと音をたてて、蟷螂（かまきり）が蜂の顔を食べています。目を背けたくなるような場面を冷徹な目で描写しています。主観や感情を交えずものをありのままえがく「即物非情」の句として有名な、昭和七年の作です。

9月5日 旧7月21日

思ふことかがやいてきし小鳥かな

小鳥　秋　石田郷子《いしだきょうこ》

小鳥がやってきました。それだけで嬉しく、何もかも輝いて見え、心が前向きになってくるのです。心の弾み、喜びが伝わってきます。季語の小鳥は、秋になって渡ってくる鳥や、秋に山から里へ下りてくる鳥をさします。

小鳥（山雀《やまがら》）

9月6日　旧7月22日

頂上や淋しき天と秋燕と

秋燕　秋　鈴木《すずき》花蓑《はなみの》

山の頂上まで登ってきました。見上げると、青く澄み渡ってどこか淋しさを感じさせる空に、秋燕が舞っていました。日本で夏を過ごし、秋、寒くなる前に南方へ去っていく燕。その姿にも、一抹の淋しさを覚えるのです。

9月7日　旧7月23日

鯖雲や犬の興味は他の犬

鯖雲　秋　長嶋《ながしま》有《ゆう》

見上げると、秋の空にはさざ波のように小さな白い雲が並び、遥けさを感じさせます。けれど一緒に散歩中の犬は、そんなことお構いなし、他の犬に興味しんしん。尻尾を振ったり匂いを嗅いだり、嬉しそうです。

9月8日 旧7月24日 白露

草ごもる鳥の眼とあふ白露かな

白露　秋　鷲谷七菜子《わしたにななこ》

今日は二十四節気のひとつ、白露。朝晩の気温が下がり、草や葉に朝露がつく頃です。秋めいてきたこの日、草陰に身をひそめた鳥とふと目が合いました。丸く潤んだ目が、草に小さく宿った美しい露のようです。

9月9日 旧7月25日 重陽

秋空も摑んでいるか手長猿

秋空　秋　あざ蓉子《ようこ》

ほとんど木の上で生活し、長い手（前肢）で交互に枝を摑んでぶら下がりながら、木から木へと素早く移動する手長猿。空へ向かって大きく手を伸ばし、美しく澄み渡った秋の空をその手で摑んでいるようでした。

9月10日 旧7月26日

あまりにも雀多くて案山子泣く

案山子　秋　寺澤一雄《てらさわかずお》

田んぼに立つ案山子。追い払うにはあまりにたくさんの雀に囲ま

案山子

れ、泣きべそをかいているようです。雀は可愛いけれど米を食べる害鳥。長く闘いを繰り返してきましたが、どうやら案山子に勝ち目はなさそうです。

9月11日　旧7月27日

道玄坂さんま出る頃の夕空ぞ

さんま　秋　久米《くめ》三汀《さんてい》

東京、渋谷の道玄坂を歩きながら夕暮れの空を見上げ、そろそろ秋刀魚が出る頃だな、と秋の訪れを感じています。久米三汀は小説家、久米正雄の俳号。中学時代から河東碧梧桐に師事、俳人としても知られます。

9月12日　旧7月28日

いつせいに来て椋鳥の木となりぬ

椋鳥　秋　山《やま》川《かわ》幸《ゆき》子《こ》

一本の木に一斉に椋鳥の大群が押し寄せ、「椋鳥の木」となりました。天敵から身を守るため、夕方になると数千羽の大きな群れとなる椋鳥。最近は都会の街路樹などもねぐらにし、騒音や糞などの被害が出ています。

9月13日　旧7月29日

秋の蛇去れり一行詩のごとく

秋の蛇　秋　上《うえ》田《だ》五《ご》千《せん》石《ごく》

晩秋に冬眠に入る、すなわち「蛇穴に入る」前の、「穴惑《あなまど》い」ともいわれる秋の蛇が現われ、静かに去っていきました。手に入らなかった美しい「一行詩」のように。第一句集『田園』（昭和四十三年刊）の一句です。

9月14日　旧7月30日

鷹柱ずんずん空の深みけり

鷹柱　秋　岸《きし》原《はら》清《きよ》行《ゆき》

渡りの際、鷹の群れが上昇気流に乗って旋回しながら上空へ昇っていくさまを鷹柱といいます。鷹が舞い上がり、吸い込まれていく空。見上げていると、その奥へ、はるか彼方へ、空はどんどん深まっていくようです。

9月15日 旧8月1日

釣られざま鱸《すずき》真紅の口開く

鱸 秋 磯《いそ》 直道《なおみち》

驚くほど大きく開いた口で小魚を吸い込み、捕食する鱸。釣り上げられる瞬間に開いた口の鮮やかな真紅に、まばゆいほどの生命力を感じました。鱸はセイゴ、フッコと大きさで名が変わり、六十センチ以上を鱸といいます。

9月16日 旧8月2日

雄鹿の前吾もあらあらしき息す

鹿 秋 橋本《はしもと》多佳子《たかこ》

秋、雌を追い求める交尾期の雄鹿の前に立つ、官能的な作品です。

鱸

色鳥（尉鶲）

昭和二十三年作。この頃「息あらき雄鹿が立つは切なけれ」「女《め》の鹿は驚きやすし吾のみかは」など雌鹿と一体化したような一連の作品を詠んでいます。

9月17日　旧8月3日

色鳥と生まれ何かを失ひぬ

色鳥　秋　市堀玉宗《いちぼりぎょくしゅう》

秋に渡ってくる鳥のなかで、花鶏《あとり》、尉鶲《じょうびたき》、真鶸《まひわ》など姿の美しい鳥を色鳥といいます。青空に映える色とりどりの鳥たち。人に讃えられる美しい鳥として生まれたことと引き換えに、何かを失ったのです。

9月18日　旧8月4日　敬老の日

虫の音や私も入れて私たち

虫の音　秋　野口《のぐち》る理《り》

鳴き続ける虫の声に耳を澄ませています。はかなく美しい、命の愛しさを感じさせる虫の声。いつしか心は虫と一体化していきます。同じいきものとして、虫も私も、何か大きな力に抱かれているようです。

9月19日　旧8月5日

蚯蚓《みみず》鳴く六波羅蜜寺《ろくはらみつじ》しんのやみ

蚯蚓鳴く　秋　川端茅舎《かわばたぼうしゃ》

秋の夜、道端などでじーと鳴く寂しげな声は、蚯蚓の声とされて

いました。六波羅蜜寺は空也上人が開いた京都東山の古刹。長い歴史を背負う寺の深く不気味な闇に、実際には鳴かない蚯蚓の声を感じとっています。

9月20日

旧8月6日　彼岸入り

野鼬《のいたち》は穂草かざしてをどるなり

穂草　秋　五十崎古郷《いかざきこきょう》

鼬は小柄ですが凶暴な肉食獣。野生の鼬は狩りをするときにダンスのような動きをして獲物を油断させ、一瞬の隙を突いて仕留めます。まるで踊っているように秋草の穂を揺らす野鼬、実は狩りの最中なのでしょうか。

9月21日

旧8月7日

鵙《もず》鳴いて少年の日の空がある

鵙　秋　菊池麻風《きくちまふう》

鵙

澄んだ秋空の下、木のてっぺん

で鵙がキィキィキィーと鋭い声で鳴いています。よく響く声で縄張り宣言をする鵙。その声が、友達と走り回った野や学校の行き帰りの道、なつかしい少年時代の記憶を呼び起こします。

9月22日 旧8月8日

こほろぎに北の夜汽車の匂ひかな

こおろぎ　秋　今井《いまい》聖《せい》

秋の夜、しみじみと蟋蟀《こおろぎ》の声を聞きながら、北国を走る夜汽車を思います。子供の頃からいつも身近で鳴いていた蟋蟀と、青春時代のせつなくなつかしい思いをかきたてる北の夜汽車が響き合い、郷愁を誘います。

9月23日 旧8月9日 秋分の日

落鮎や日に日に水のおそろしき

落鮎　秋　加賀《かがの》千《ち》代女《よじょ》

鮎は秋になると産卵のため川を下ります。落鮎です。産卵を終え衰えた鮎は力なく水に流されていき、やがて死を迎えます。落鮎の数は日に日に増え、鮎が死へ向かってゆく川の水の勢いが怖ろしく感じられるのです。

9月24日 旧8月10日

放屁虫《へひりむし》貯へもなく放ちけり

放屁虫　秋　相島虚吼《あいじまきょこう》

放屁虫は、危難に遭うと臭い強烈なにおいを出す虫の総称です。屁の貯えもないのに、全部出しきってしまった放屁虫。先のことは考えずに日々必死に生きる小さな虫の姿を、滑稽味豊かに描きます。

簗場の鮎

9月25日 旧8月11日

巣をあるく蜂のあしおと秋の昼

秋の昼　秋　宇佐美魚目《うさみぎょもく》

静かな山の昼、かさこそと蜂が巣を歩くかすかな音が聞こえます。秋の澄んだ空気とやわらかな光。耳を澄ますと、ひっそりと静けさに包まれた山に、小さないきものの命が感じられました。

9月26日 旧8月12日

天高し駝鳥はいつも脱走中

天高し　秋　小林貴子《こばやしたかこ》

高く澄み渡った空の下、すごいスピードで走り抜ける駝鳥。「いつも脱走中」といわれると、まさ

鼻曲がり鮭

にそんな感じがしますね。強靭なパワーを持つ逞しい足を持ち、最高速度は時速七十キロ、世界一速く走る鳥です。

9月27日 旧8月13日

みちのくの鮭は醜し吾もみちのく

鮭　秋　山口《やまぐち》青邨《せいそん》

故郷、岩手県でどこの家でも台所に吊られていた塩引鮭。南部の鼻曲がり鮭といわれる産卵期の雄の鮭は、醜く怖ろしい形相でした。深い郷土愛と自嘲、青邨はさまざまな思いのこもったみちのくの句を数多く詠んでいます。

9月28日 旧8月14日

秋の蜘蛛息吹きかけてすこし追ふ

秋の蜘蛛　秋　森賀《もりが》まり

初夏に生まれ、冬の初めには死んでしまう蜘蛛。ひんやりとした秋の空気のなか、巣の真ん中にじっとしている蜘蛛にそっと息を吹きかけます。小さな命へのあたたかなまなざしが感じられる、繊細な感覚の一句です。

9月29日 旧8月15日 十五夜

まんばうは尾びれを忘れ秋うらら

秋うらら　秋　佐々木《ささき》建成《けんせい》

大きな体に愛嬌ある風貌で悠然

マンボウ

と泳ぐマンボウには、尾びれがありません。背びれと腹びれで泳ぐのですが、のんびりしてどこかへ忘れてきてしまったのかな、と思わせるような愛らしさ。うららかで気持ちよい秋の日です。

9月30日 旧8月16日

鳥わたるこきこきこきと缶切れば
秋元《あきもと》不死男《ふじお》

鳥わたる　秋

昭和二十一年、戦後の窮乏生活のなかやっと手に入れた貴重な缶詰。ゆっくり開ける「こきこきこき」という擬音が喜びを伝えます。自由に空を渡る鳥を見上げ、戦争や新興俳句弾圧事件からの解放の喜びを噛みしめています。

鳥渡る（宮城県・伊豆沼）

10月

【神無月《かんなづき》・神在月《かみありづき》】

鹿（奈良市・奈良公園）

10月1日　旧8月17日

鶴の来るために大空あけて待つ

鶴来《きた》る　秋　後藤《ごとう》比奈夫《ひなお》

秋も深まると、鶴が群れをなして、シベリアから越冬のため日本へやってきます。空を埋め尽くすように鶴が大空を舞うことでしょう。その姿を思い浮かべ心待ちにしながら、澄み渡った空を見上げます。

10月2日　旧8月18日

瀬田降りて志賀の夕日や江鮭《あめのうお》

江鮭　秋　与謝蕪村《よさぶそん》

江鮭は琵琶湖に生息する琵琶鱒《びわます》の別称です。近江八景「瀬田の夕照《せきしょう》」で知られる南の瀬田は雨が降り、いにしえの大津京の址、西の志賀は夕日がさしていることよ。江鮭のとれる季節の近江の定めない秋空を見渡します。

江鮭（琵琶鱒）

10月3日 旧8月19日

草の実の飛んで鰊《にしん》が蕎麦の上

草の実飛ぶ　秋　山口昭男《やまぐちあきお》

草花が実をつけ、野山で草の実がはじけ飛ぶ季節、鰊蕎麦を食べています。鰊蕎麦は身欠き鰊の甘露煮をそのまま載せた北海道や京都の名物料理。草の実とともに鰊が蕎麦の上に飛んできたような、楽しい一句です。

10月4日 旧8月20日

稲雀《いなすずめ》上機嫌なる日和かな

稲雀　秋　黒川悦子《くろかわえつこ》

稲が実ると、雀たちがついばみに集まってきます。黄金色に色づいた田んぼに飛び交う雀たち。人間にとっては悩みのたねですが、雀たちは豊かな実りに大満足、よく晴れていかにも気持ちよさそうです。

10月5日 旧8月21日

ななふしのやうにどこかにゐてくれる

ななふし　秋　小池康生《こいけやすお》

七節《ななふし》は、体にたくさんの節を持った細長い虫。茎や枝に擬態して身を守ります。どこかに隠れている七節のように、目の前にいなくてもあなたはきっとどこかにいてくれる。いまをともに生きる人とのつながりを信じます。

七節

10月6日 旧8月22日

痩馬《やせうま》のあはれ機嫌や秋高し

秋高し　秋　村上鬼城《むらかみきじょう》

天高く馬肥ゆる秋。空は澄んで晴れ渡り、馬も食欲を増して肥えてたくましくなる秋に、日々酷使される痩馬が上機嫌でいるのが哀れです。痩馬の姿が、十人の子供を抱えて窮乏生活を送る自身と重なります。

10月7日 旧8月23日

摘みくれし秋草蟻をこぼしけり

秋草　秋　石田郷子《いしだきょうこ》

仲間がほら、と摘んで渡してくれた秋草から、蟻がこぼれ落ちました。山辺の道にひっそりと生えていた秋草と一匹の蟻。自然のなかでともに生きる小さな命をみつめるまなざしが、やさしさを感じさせます。

10月8日 旧8月24日　寒露

みのむしや人として世をものもらひ

みのむし　秋　常世田長翠《とこよだちょうすい》

長翠は江戸時代の俳人。東北に俳諧を広め俳諧奥州四天王の一人と称されました。俳諧師としての自分を、蓑虫のように、枯葉など拾った（貰った）もので蓑を作り、風に吹かれているままの物貰い、物乞いだと自嘲します。

10月9日 旧8月25日　スポーツの日

体育の日を耳立てて兎たち

体育の日　秋　辻田克巳《つじたかつみ》

兎の耳はレーダーのような役割。危険を察知するため、耳を立てて周囲の音を集めます。運動会やイベントで子供たちが元気に走り回る体育の日（現スポーツの日）、学校にいる兎たちも、何事か、と緊張しているようですね。

10月10日 旧8月26日

寝ころべば若き日の空鬼やんま

鬼やんま　秋　成田千空《なりたせんくう》

野に寝ころんで鬼やんまの舞う空を見上げます。空はあの頃のま

蓑虫

ま。心はいつしか青春時代へ帰っていきます。鬼やんまは日本最大の蜻蛉。体長は九～十一センチ、羽を広げた大きさは十二～十四センチにもなります。

鬼やんま

10月11日

旧8月27日

秋夕焼いるかの息は水の匂ひ

秋夕焼　秋　高勢《たかせ》祥子《さちこ》

空と海を染める秋夕焼に包まれ、姿を見せたいるか。その息はきっと水の匂いがすることでしょう。やさしく美しい一句です。いるかは肺呼吸、水中では息を止め、一分間に二回ほど水面に上がって呼吸をします。

10月12日

旧8月28日

花鶏《あとり》来《く》とさわさわと鳴る樫の木よ

花鶏　秋　木倉《きくら》フミヱ

秋に渡ってくる小鳥、花鶏は奈良時代から大群を作る鳥として知られており、集団の鳥、集鳥《あっとり》からあとりと呼ばれるようになったといわれます。群れの集まる樫の木はさわさわと鳴り、喜んでいるようです。

10月13日

旧8月29日

犬放ちたちまち風の芒原《すすきはら》

芒原　秋　水原《みずはら》春郎《はるお》

芒がきらきらと輝く一面の芒原。犬を放つと、一陣の風が吹き抜けたように銀色の穂が一斉になびきました。勇んで飛び出した犬の勢いと喜びが伝わる、美しく壮観な眺めです。

花鶏

朱鷺

10月14日 旧8月30日

しあわせな木の実まざりし鳥の糞

木の実　秋

渋川《しぶかわ》京子《きょうこ》

野鳥は木の実を丸呑みにし、消化しきれない堅い実は糞と一緒に排出されます。鳥によって運ばれたさまざまな地で芽を出し、命をつなぐ木の実。鳥の糞には、そんな「しあわせな木の実」が潜んでいます。

10月15日 旧9月1日

滅びしは朱鷺のみならず島の秋

秋　秋

名和《なわ》佑介《ゆうすけ》

絶滅した日本産の野生の朱鷺。平成十五年に新潟県佐渡島で最後の一羽が死にました。しかし滅びたのは朱鷺だけではありません。美しい島の秋を味わいながら、失われたもの、消えていこうとするものに思いを馳せています。

10月16日 旧9月2日

十頭のうち八頭の鹿が見る

鹿　秋

阪西《さかにし》敦子《あつこ》

鹿の群れが佇んでいます。十頭いるうちの八頭が、なあに、どうしたの？　とでもいうように、こちらをひょいと振り返って見たのです。目に浮かぶようですね。何気ない情景の切り取り方が面白く、楽しい一句です。

10月17日 旧9月3日

秋鯖の全身青く売られけり

秋鯖　秋　嶋田麻紀《しまだまき》

魚偏に青と書く鯖は、青魚の王様といわれるほど栄養価が高く、産卵後の秋鯖は脂がのって「秋鯖は嫁に食わすな」といわれるほどおいしくなります。文字通りみずみずしい青に輝いて、秋鯖が店に並んでいました。

秋鯖

瓜坊

10月18日 旧9月4日

蹼《みずかき》の生えてめざめし月夜かな

月夜　秋　眞鍋呉夫《まなべくれお》

夜中にふと目覚めると、なぜか手足に蹼が生えたような気がしました。空には皓皓と月が輝き、月の光が静かに部屋に差し込んでいます。幻想的な月の光に、水中で暮らしていた遠い祖先の記憶が呼び覚まされたのでしょうか。

10月19日 旧9月5日

瓜坊《うりぼう》も来よ山の子の祭笛

瓜坊　秋　永島靖子《ながしまやすこ》

秋祭りの笛太鼓が鳴り響く山里。子供の吹く祭笛に誘われ、瓜坊も

鹿

山から下りていらっしゃいと呼びかけます。瓜坊は猪の子。瓜のような縞模様のある愛らしい姿から、やがて大きく迫力ある猪に成長します。

10月20日　旧9月6日

驚きの手足のままに鵙《もず》の贄《にえ》

鵙の贄　秋　西宮《にしみや》舞《まい》

木の枝に、虫や蛙などが刺されたまま干からびています。肉食性の鵙が獲物を捕えて突き刺しておく鵙の贄です。「驚きの手足」が、突然襲われた小さな命の恐怖の一瞬をなまなましく伝えます。

10月21日　旧9月7日

猫の墓金魚の墓や秋深し

秋深し　秋　津久井《つくい》健之《たけゆき》

猫の墓、金魚の墓。庭に並ぶ小さな墓をみつめます。ともに長く暮らして、どんなに愛情をそそいでも、いきものとの別れは決して避けることはできません。寂しさを包み込むように、静かに秋が深まっていきます。

10月22日　旧9月8日

晴れわたる羊まるまる柚子まるまる

柚子　秋　遠山《とおやま》陽子《ようこ》

空は気持ちよく晴れ渡り、羊は丸々と愛らしく太って、黄金色の柚子も丸く豊かに実っています。「まるまる」の繰り返しがリズミカルで、思わず口ずさんでしまうような楽しい一句です。

羊

鶫

10月23日
旧9月9日

鶫《つぐみ》死して翅《はね》拡ぐるに任せたり

鶫　秋　山口誓子《やまぐちせいし》

死んだ鶫の羽を、生きて飛んでいる時のように拡げてみました。鶫はなすがままにだらりと羽を拡げて横たわっています。命を失いひとつの物体となってしまった鶫を、冷徹な目でみつめます。

10月24日
旧9月10日　霜降

霜降《そうこう》の夕べ鯔《ぼら》とぶ出雲かな

霜降　秋　脇村禎徳《わきむらていとく》

今日は二十四節気のひとつ、霜降です。朝晩の冷え込みが増して、山里では霜が降り始め、寒さが深まっていきます。鯔が冷えた水面を切って跳ぶ出雲（島根県）の夕暮れ。出雲はもうすぐ全国の神様が集まる神在《かみあり》月を迎えます。

10月25日
旧9月11日

フラミンゴ夜は晩秋の色となる

晩秋　秋　津久井紀代《つくいきよ》

美しいピンク色の羽を持つフラミンゴ。首と脚がとても長く、片脚で立つ姿もしなやかで優雅です。やわらかな日差しに明るく輝いていた姿は、夕闇に包まれていくと、深い晩秋の色を感じさせました。

フラミンゴ

10月26日 旧9月12日

露の玉蟻たぢたぢとなりにけり　川端茅舎《かわばたぼうしゃ》

露の玉　秋

突然目の前に現われた露の玉に驚き、右往左往する一匹の蟻。きらきら光る巨大な玉にたじろぎ、せわしなく動き回る蟻の姿が「たぢたぢと」から伝わってきます。露の句を多く詠み、「露の茅舎」といわれた茅舎の一句です。

10月27日 旧9月13日　十三夜

魚らは風音知らず十三夜　美杉《みすぎ》しげり

十三夜　秋

陰暦九月十三日の夜を十三夜といい、八月十五日の名月の一ヶ月

十三夜

後の少し欠けた月を愛でて、お月見をします。強い風が吹き、ふと、風音も知らず水の中で一生を過ごす魚たちに思いを馳せました。

10月28日 旧9月14日

谷風も木《こ》の葉山女《はやまめ》も甲斐路かな

木の葉山女　秋

草間時彦《くさまときひこ》

晩秋、山の木の葉が舞い散る頃の山女（山女魚）を木の葉山女といいます。水温の下がった渓流を落ち葉に絡まりながら下流へ下る山女、谷底から山へ吹き上がる谷風。しみじみと秋の深まりを感じながら、甲斐路を歩いています。

10月29日 旧9月15日

犬とのみ行く場所のあり草紅葉

草紅葉　秋

岡田由季《おかだゆき》

そこは犬と一緒の時にだけ行く、お気に入りの場所。地面や草の匂

山女

いをくんくん嗅いだり、楽しそうに走り回る犬を見て、幸せな気持ちになります。秋風がやさしく吹き、道端の草々は鮮やかに色づいています。

10月30日　旧9月16日

しんちぢり人魚の卵かもしれず　篠崎《しのざき》央子《ひさこ》

しんちぢり　秋

今年新しくできた松かさを、新松子《しんちぢり》といいます。若く青々とした新松子のみずみずしさ、堅く詰まったうろこ状の鱗片、これは人魚の卵かもしれません。そんな大胆な発想が心を遠く豊かな世界へ解放してくれるようです。

雁

10月31日　旧9月17日

雁《かりがね》や残るものみな美しき　石田《いしだ》波郷《はきょう》

雁　秋

昭和十八年作、「留別」の前書きがある一句です。召集令状を受け、雁《かり》の舞う空を見上げています。死を覚悟して戦場へ赴く身には、人ものも風景も、残されるものすべてが美しく感じられるのです。

11月【霜月《しもつき》・神楽月《かぐらづき》】

柿の実を食べにきた鶫《つぐみ》

啄木鳥

11月1日

啄木鳥《きつつき》や落葉をいそぐ牧の木々

旧9月18日

啄木鳥　秋

水原秋桜子《みずはらしゅうおうし》

啄木鳥がこつこつと木を叩く音が、澄んだ空気を通して聞こえます。その音に合わせ、あたりの牧場の木々が落葉を早めているようです。昭和二年作。印象派風の明るく新鮮な美しさを俳句にもたらした一句です。

11月2日

綿虫が飛ぶのんのんと青い空

旧9月19日

綿虫　冬

矢口《やぐち》晃《こう》

青い空に舞う白い綿虫。晩秋から初冬、白い綿毛に覆われふわふわと舞う虫で雪虫とも呼ばれます。「のんのん」は川や大量の水が流れるさま、勢いのよいさまを表わす擬態語ですが、やわらかな綿虫の雰囲気を感じさせます。

11月3日

旧9月20日　文化の日

黄落やはたりはたりと象の耳

黄落　秋

小《こ》檜《ひ》山《やま》霞《かすみ》

象

黄葉した葉がはらはらと舞い散

るなか、象が大きな耳を「はたりはたりと」動かしています。黄色の葉の明るさと、大きな象の穏やかさが、ゆったりとした伸びやかな気分を醸し出します。

11月4日 旧9月21日

なにかゐるやう月の夜の草のなか

月夜　秋　今井杏太郎《いまいきょうたろう》

闇夜、月光に照らされた草のなかに、何かの気配を感じます。虫や小さないきものがいるのか、あるいは得体の知れないものがうごめいているのか、神秘的な月の光が、目に見えない命の存在を感じさせるのです。

11月5日 旧9月22日

返り花盲導犬は犬を見ず

返り花　秋　津川絵理子《つがわえりこ》

小春日和に誘われて季節はずれの花が咲くのどかな道。出会った盲導犬は、他の犬とすれ違っても気を散らすことなく、自分の仕事を忠実にこなしていました。そのけなげな姿に心打たれ、愛おしく思います。

11月6日 旧9月23日

羚羊《かもしか》の総身風の突端に

羚羊　冬　井上弘美《いのうえひろみ》

羚羊が断崖の突端で強い風に吹かれ立ち尽くしています。その姿に何かに立ち向かうような雄々しさ、凛とした気高さを感じます。山岳地帯に生息する日本の固有種、ニホンカモシカ。古くは『日本書紀』や『万葉集』にも登場しています。

羚羊

11月7日　旧9月24日

浜千鳥用なき時も小走りに

浜千鳥　冬　棚山《たなやま》波朗《はろう》

浜千鳥は浜にいる千鳥。千鳥の哀愁を誘う声は、和歌にも多く詠まれてきました。足を交差させる独特の歩き方から、酔っ払いの歩き方を千鳥足といいますが、実際にはとても速く、いつも小走りしているようです。

11月8日　旧9月25日　立冬

飯店の鸚鵡《おうむ》朗らか冬に入る

冬に入る　冬　能城《のうじょう》檀《まゆみ》

今日は立冬。季節は移り、これから少しずつ寒くなっていきますが、中華料理店に入ると鸚鵡が元気よく喋っていて、心を温かくしてくれました。人々も鸚鵡も楽しそうな、活気ある店の雰囲気が伝わります。

浜千鳥

11月9日　旧9月26日

初しぐれ猿も小蓑をほしげ也

初しぐれ　冬　松尾《まつお》芭蕉《ばしょう》

伊賀上野へ帰る山中で初時雨が降ってきました。蓑をまとい、初時雨という古来の情趣、風雅を味わう心の弾み。近くの木で雨に濡れる猿も、初時雨を楽しむ小さな蓑が欲しそうに見えました。『猿蓑』の巻頭句です。

11月10日　旧9月27日

足組めば小春の鳶《とび》に親しまる

小春　冬　長谷川《はせがわ》秋子《あきこ》

公園のベンチに足を組んで座り、ふと見上げると、近くで鳶が旋回

鳶

しています。師であり姑である長谷川かな女の死、「水明」継承、離婚という激動の日々のなか、春のように穏やかな初冬の一日、束の間の幸せな時間です。

11月11日

旧9月28日

木曾のなあ木曾の炭馬《すみうま》並び糞《ま》る

炭馬　冬　金子兜太《かねことうた》

山の炭窯で焼いた炭を運ぶ丈夫で力強い炭馬たちが、仕事に行く前に町で並んで糞をしています。「木曾福島にて」と前書きにある、戦前、昭和十年代の作。「木曾のなあ」と木曾節で始まる、風土性豊かな一句です。

11月12日

旧9月29日

熊と熊抱き合へばよく眠れさう

熊　冬　遠藤由樹子《えんどうゆきこ》

丸々と太ってもこもこの毛に包まれ、くっついて抱き合えばいかにも気持ちよさそうな熊と熊。可愛らしいですね。もうすぐ冬眠の時期ですが、「よく眠れさう」の口語もやさしく、絵本の一場面のようです。

11月13日

旧10月1日

茶の花に兎の耳のさはるかな

茶の花　冬　加藤暁台《かとうきょうたい》

清楚な佇まいの白い茶の花に、愛らしい兎の耳が触れていきました。やわらかな白と白が響き合います。暁台は江戸中期の俳人。蕉風復興を志して高雅優美な作品を作り、与謝蕪村と並び中興俳諧の一翼を担いました。

猫

11月14日 旧10月2日

にんげんは面白いかと冬の猫

冬　冬　矢島《やじま》渚男《なぎさお》

丸まって寝ている冬の猫。消費カロリーを抑えるため睡眠時間を増やし、行動は省エネモードになっています。そんなにあくせく動き回って面白いのかと、人間を横目で見ながら、ゆったり過ごしています。

11月15日 旧10月3日　七五三

初猟の犬や朝日に耳透きて

初猟　冬　河野《こうの》照子《てるこ》

狩猟が解禁になりました。獲物を狙って山林に潜み、夜明けを待つ猟師たち。猟犬の耳が朝日を浴びて透き通り、美しく輝いています。これから猟が始まるという喜びと、犬のいきいきとした生命力を感じさせる一句です。

11月16日 旧10月4日

ふぐ釣られ鞠のごとくに弾みけり

ふぐ　冬　寺島《てらしま》ただし

河豚を釣り上げて針を外すと、大きくふくらんで鞠のように弾みました。ぷくっとふくらんだ姿、愛らしいですね。河豚は体に危険な毒を潜ませたり体をふくらませたりすることで、必死に自分の身を守っているのです。

羆《ひぐま》の兄弟（北海道・知床）

体をふくらませた河豚

11月17日 旧10月5日

羽ひらく孔雀のごとき湯ざめかな

湯ざめ　冬　青山茂根《あおやまもね》

入浴でゆっくり温まり、心も体もほぐされました。やがて温まった体から体温が奪われ、少しずつ冷えていきます。一番美しく、また無防備な姿。大きく羽をひらいた華やかな孔雀のような感覚を覚えます。

11月18日 旧10月6日

山眠る獣は耳を尖らせて

山眠る　冬　津田《つだ》このみ

葉を落とした木々が立ち並び、静かに眠っているような冬の山。

孔雀

静謐な空気に包まれます。しかしそこに生きる獣たちは耳をぴんと尖らせて、生き抜くため警戒を怠りません。山にはたくさんのいきものの命が潜んでいます。

11月19日　旧10月7日

海鳴はかの世のこゑぞ暖鳥《ぬくめどり》　馬《ば》場《ば》龍吉《りゅうきち》

暖鳥　冬

暖鳥は、鷹が寒い夜に小鳥を摑んで自らの足を暖め、翌朝放してやること、またその小鳥。鷹匠の伝承から生まれた想像上の季語です。捕えられた小鳥は海鳴りをあの世からの声のように感じたのでしょうか。遠い世界から響いてくるような海鳴りが聞こえます。

11月20日　旧10月8日

爛々《らんらん》と虎の眼《まなこ》に降る落葉　富澤赤黄男《とみざわかきお》

落葉　冬

虚空をみつめる虎の眼に映る落葉。「爛々と」は「虎の眼」にも「落葉」にもかかり、虎の眼光の鋭さ、神々しくきらめき舞い散る落葉が見えてきます。異様なまでの迫力が伝わる、句集『天の狼』の巻頭句です。

11月21日　旧10月9日

青空へゆく冬蜂の後ろ脚　山西雅子《やまにしまさこ》

冬蜂　冬

飛んでゆく蜂の後ろ姿をみつめています。冬のあたたかい日に迷

虎

い出た蜂は弱々しいけれど、青空へ向かう姿に明るさがあります。蜂の後ろ脚に焦点をあてたことで印象が鮮明になり、詩情が生まれました。

冬の蜂

11月22日　旧10月10日　小雪

金の糸身にちりばめて金線魚《きんせんぎょ》

金線魚　冬

名和《なわ》隆志《たかし》

金線魚は金糸魚《いとより》のこと。体の鮮やかな朱色と金色の線が目をひく華やかな魚です。泳ぐと糸状の尾びれがゆらめき、金糸を縫るように見えることから名付けられました。そのきらめくような美しさを讃えます。

11月23日　旧10月11日　勤労感謝の日

国捨てし少年冬の河馬の前

冬　冬

山下《やました》知津子《ちづこ》

動物園で楽しそうに河馬をみつめる少年。しかし過酷な状況で祖国を捨てざるを得なかった難民の少年と、冬のない南アフリカから連れてこられて日本で冬を過ごす河馬は、故郷から引き離された同じ痛みを抱えているのです。

11月24日　旧10月12日

勇魚《いさな》くる土佐湾晴れてきたりけり

勇魚　冬

濱田《はまだ》順子《じゅんこ》

勇魚は鯨の古名。高知県土佐湾ではかつて豊かな捕鯨文化が栄えました。いまもさまざまな鯨の姿が見られ、ホエールウォッチングが盛んに行われています。晴れ渡り明るく輝く土佐湾、期待に胸が弾みます。

座頭鯨《ざとうくじら》（沖縄県）

むささび

11月25日

むささびの夜がたりの父わが胸に

旧10月13日

むささび　冬　佐《さ》藤《とう》鬼《おに》房《ふさ》

昭和十二年、十八歳の作です。上京し孤独に暮らしながら、ふと思うのは六歳の時に亡くした父のこと。幼い頃に父が語ってくれた昔話や、木から木へ夜空を滑空するむささびの話を、いましみじみと思い出すのです。

11月26日

冬ざれやものを言ひしは籠の鳥

旧10月14日

冬ざれ　冬　高《たか》橋《はし》淡《あわ》路《じ》女《じょ》

ふと誰かの声が聞こえたと思ったら、鳥籠の鳥でした。ほかには誰もいません。しんとした家でひとり、寂しさに包まれます。窓の外には、草木も枯れ果て、荒涼としてもの寂しい冬の情景が広がっています。

11月27日

豚の死を考へてゐる懐手《ふところで》

旧10月15日

懐手　冬　北《きた》大《おお》路《じ》翼《つばさ》

なぜか豚の死にとりつかれ、豚を殺す人間や自分の人生、さまざまな思いが、考えがまとまらないままにぐるぐると頭に浮かんできます。だらしないけれどちょっと粋な「懐手」から力の抜けた感じが伝わります。

11月28日

薔薇色の舌を狐も吾も蔵す

旧10月16日

狐　冬　山《やま》根《ね》真《ま》矢《や》

狐がふと見せた舌の色の鮮やかさに、はっとしました。狐も人間

あくびをする狐

である私も美しい薔薇色の舌を体のなかに持っています。まったく違うようでいて、同じいきものであるという発見と喜びが伝わってきます。

11月29日

旧10月17日

凩や馬現れて海の上

凩　冬　松澤《まつざわ》　昭《あきら》

凩吹きすさぶ海の上に忽然と現われた馬。凩に砕け散る荒波に、奔馬のイメージを感じとったのです。昭和二十八年、二十八歳の作。写生を超えて心象風景をえがきだす「心象造型」を唱えた作者の出発点となった句です。

馬

11月30日 旧10月18日

冬

冬蜘蛛の呼吸その巣へ行き渡る

神野《こうの》紗希《さき》

ほとんど動かずに冬の厳しい寒さを耐え忍ぶ冬の蜘蛛。かすかに動くと、蜘蛛の巣が小さく震え、やがてその震えが全体へ行き渡ります。「呼吸」から、そっと息を吐いたような繊細な動きが感じられ、静けさが伝わります。

12月【師走《しわす》・極月《ごくげつ》】

温泉に入る日本猿（長野県山ノ内町・地獄谷温泉）

12月1日 旧10月19日

命あるものは沈みて冬の水

冬の水　冬　片山《かたやま》由《ゆ》美《み》子《こ》

しんと静かな冬の水。しかし冷たい水の底には、水生植物や魚など、じっと冬を過ごす命が潜んでいます。表面からはわからないけれど、ひそやかな命の気配を感じるのです。句集『香雨』（平成二十四年刊）所収。

12月2日 旧10月20日

ずわい蟹包むローカル新聞紙

ずわい蟹　冬　駒木根淳子《こまきねじゅんこ》

ずわい蟹が届きました。手近なもので包んだのでしょう、包み紙の郷土色豊かなローカル新聞が珍しく、楽しくてつい読みふけってしまいます。ずわい蟹とともに運ばれてきた、地方の新鮮な空気を味わいます。

12月3日 旧10月21日

我病みて冬の蠅にも劣りけり

冬の蠅　冬　正岡子規《まさおかしき》

冬に生き残っている弱々しい哀れな蠅よりも、病む自分ははるかに劣る哀れな存在です。明治二十八年、二十九歳の作。この年子規は日清戦争に従軍記者として赴き、帰国途中に大吐血、長い病床生活に入りました。

12月4日 旧10月22日

梟《ふくろう》の鳴く帰らねば帰らねば

梟　冬　今井《いまい》千鶴子《ちづこ》

夜の森で、どこからともなくホー、ホーと梟のもの悲しい声が聞こえます。せつなくなつかしい、郷愁をかきたてるような声です、さあ、早く家に帰らなければ、という思いにかられます。

12月5日 旧10月23日

をしどりがたとへばおろかだとしても

おしどり　冬　櫂《かい》未知子《みちこ》

鴛鴦《おしどり》のつがいが、片時も離れず一緒に泳いでいます。おしどり夫婦という言葉があるように夫婦仲のよいことで知られる鴛鴦。ほかにどんな欠点があっても鴛鴦はそれだけで許される、自分もそうなりたいと願うのです。

12月6日 旧10月24日

魴鮄《ほうぼう》の美し過ぎる赤さにて

魴鮄　冬　児玉《こだま》輝代《てるよ》

魴鮄は翼のように大きく広がる胸びれが特徴の魚で、この胸びれで海底を這うように歩き獲物を探します。四角張った大きな頭や大きな口を持つ奇妙な見た目に似合わず、美しく鮮やかな赤い色が印象的でした。

魴鮄

12月7日

旧10月25日　大雪

浮《うき》寝《ね》鳥《どり》狸寝入りもありぬべし

浮寝鳥　冬　高橋悦男《たかはしえつお》

冬に鴨、雁、鴛鴦、白鳥などの水鳥が、水面に浮かんだまま眠る姿を浮寝鳥といいます。羽に頭を差し入れ、丸くなってゆらゆらと漂っていますが、なかには狸寝入りの鳥もいるに違いない、という楽しい一句です。

12月8日

昭和衰へ馬の音する夕かな

旧10月26日

無季　三橋敏雄《みつはしとしお》

昭和四十年の作です。高度経済成長を続け繁栄を誇る日本。戦前

浮寝鳥

に十七歳で新興俳句無季派の新人として登場し、戦中、戦後の激動の昭和を生きた敏雄の胸中に、過去と現在をつなぐなつかしい馬の音が響きます。

12月9日 旧10月27日

冬眠の蛇身ときをり鱗立つ　正木《まさき》ゆう子《こ》

冬眠　冬

最低気温が五度前後になると蛇は冬眠を始めます。冬眠中はいわゆる仮死状態。実際に「鱗立つ」かはわかりませんが、不安と妖しく匂い立つ美しさに心をかきたてられ、どこか別の世界にいざなわれるような一句です。

キリン

12月10日 旧10月28日

冬空やキリンは青き草くはへ　森田《もりた》峠《とうげ》

冬空　冬

空へ突き抜けるようなキリンの首を見上げます。晴れ渡った冬の青空、キリンがくわえる青い草、くっきりと色鮮やかな景に、心も晴れやかに広がっていきます。句集『葛の崖』（平成十五年刊）所収の一句です。

12月11日 旧10月29日

諭しても甲斐なき態の海鼠かな　角谷昌子《かくたにまさこ》

海鼠　冬

黒いぶよぶよの海鼠。ぬめぬめとしてなんだか摑みどころがなく、これでは叱っても、どう言い聞かせても無駄のようですね。海鼠の体の九十パーセント以上は水。頭と尻の見極めも難しく、心臓も頭も目も耳もありません。

12月12日 旧10月30日
にはとりの四、五羽のあそぶ神迎へ

神迎え　冬　神蔵《かみくら》　器《うつわ》

陰暦十月に出雲大社（島根県）へ集まっていた諸国の神々が、十月末または十一月一日に、それぞれの社へ戻ってきます。この日、神社の広い境内に人影はなく、鶏が四、五羽のんびり遊んでいるのみ。鶏だけが神様のお帰りを出迎えました。

鶏

12月13日　旧11月1日

枯山に鳥突きあたる夢の後

枯山　冬　藤《ふじ》田《た》湘子《しょうし》

冬枯れの蕭条とした山に鳥が突きあたった、そんな不思議な夢を見ました。枯山は湘子の心象風景でしょう。晩年には「枯山はゆつくり来よと坐りをり」「枯山へわが大声の行つたきり」の句を残しています。

12月14日　旧11月2日

百合鷗よりあはうみの雫せり

百合鷗　冬　対中《たいなか》いずみ

陸へ上がり、琵琶湖の水滴を滴らせている百合鷗。その繊細な美しさとともに、琵琶湖の古称、淡《あわ》海《うみ》のやわらかな平仮名表記が、百合鷗が時を超えて水滴を滴らせているような、はるかな思いへ誘います。

12月15日　旧11月3日

一羽去り二羽去り冬木残さるる

冬木　冬　森《もり》田《た》純一郎《じゅんいちろう》

木の葉が落ちた裸木の枝々に、群がるようにとまっていた鳥たち。一羽、二羽と少しずつ飛び去って、やがてすべて飛んでいきました。あとには一本の冬木だけが、何事もなかったかのように、静かに立っています。

冬木

12月16日 旧11月4日

猛り鵜を神と崇めて雪しぐれ

雪しぐれ　冬

能村研三《のむらけんぞう》

十六日未明から能登の氣多《けた》大社（石川県羽咋市）で行われる鵜祭《うまつり》は、鵜を神前に放ち、その動きから翌年の吉凶を占う神事です。暁闇に降る冷たい雪時雨のなか、鵜を神の遣いとする神秘的な祭りをみつめます。

12月17日 旧11月5日

鼠にもやがてなじまん冬籠

冬籠　冬

宝井《たからい》其角《きかく》

冬の寒さをしのぐため家に籠って過ごします。食物を食い荒らす鼠にもなじんでしまいそうです。困りものの鼠ですが、一方江戸時代には大黒天の使者として福や富、子孫繁栄をもたらす吉祥の象徴でもありました。

鳰

12月18日 旧11月6日

水底の日暮見て来し鳰《にお》の首

鳰　冬　福永耕二《ふくながこうじ》

鳰（にお、かいつぶり）は潜水の名手です。潜って小魚を捕えて食べ、しきりに潜水を繰り返します。潜った水のなかにはどんな風景が広がっているのか、浮かび上がった鳰は、水底の日暮れを見てきたのでしょうか。

12月19日 旧11月7日

悠然と鯉の全長十二月

十二月　冬　村《むら》木《き》海獣子《かいじゅうし》

やらなければならないことに追われ、何かと落ち着かない十二月。池の鯉はいつもと変わらず悠然と泳いでいます。頭から尾まで、じっくりその大きさを確認して、自分もゆったりとした気持ちになりました。

鯉

12月20日　旧11月8日

毛布より猫と一緒に顔を出す

毛布　冬　高倉和子《たかくらかずこ》

猫は狭くて暗いところが大好き。冬、ぬくぬくとあたたかい毛布に潜り込んできて、子供も一緒に大喜びではしゃいでいます。毛布のなかから顔を出した猫と子供の愛らしさ。ほっこり幸せな気分になる一句です。

12月21日　旧11月9日

女あり父は魚津の鰤《ぶり》の漁夫

鰤　冬　高野素十《たかのすじゅう》

「女あり」という書き出しは『伊勢物語』の「昔、男ありけり」を思い起こさせます。物語の主人公となった女性の父親は魚津（富山県）の鰤漁師。北陸の荒海での鰤漁や、たくましい父の姿も浮かんできます。

12月22日　旧11月10日　冬至

てんたうむしだましが死んで冬至かな

冬至　冬　斎藤夏風《さいとうかふう》

野菜や草花を食べてしまう家庭菜園の天敵、てんとうむしだましが死にました。今日は冬至。昼がもっとも短くあっという間に日が暮れてしまいますが、この日を境に日脚が伸び、弱まった太陽の力が蘇ってきます。

てんとうむしだまし

鴨

12月23日 旧11月11日

さみしさのいま声出さば鴨のこゑ

鴨　冬　岡本《おかもと》眸《ひとみ》

秋に渡ってきて、日本で冬を過ごす鴨。群れ泳ぐ鴨の声が、寂しげに感じられました。いま私が声を出すならば、あんな声でしょうか。夫を亡くし長い歳月一人暮らしを続けた作者が、しみじみとその声を聞いています。

12月24日 旧11月12日 クリスマスイブ

セーターの胸にトナカイ行進す

セーター　冬　金子《かねこ》敦《あつし》

胸にトナカイが編み込まれたセーター。「行進す」がクリスマスのわくわくした気分を伝えます。トナカイはもっとも古くから家畜化された動物のひとつ。人間はトナカイとともに極北の自然を生き抜いてきました。

12月25日 旧11月13日 クリスマス

クリスマス馬小屋ありて馬が住む

クリスマス　冬　西東《さいとう》三鬼《さんき》

昭和二十三年の作です。戦時中、全国の農家から数多くの農耕馬が徴用され、帰ってきませんでした。キリストが生まれたという馬小屋。そこに馬がいるという当たり前の情景に安堵し、安らぎを覚えるのです。

12月26日 旧11月14日

着膨れて鳥の鼓動となりにけり

着膨れ　冬　藤井《ふじい》あかり

重ね着をしてすっかり着膨れしてしまいました。無数のやわらかな羽に包まれ、その真ん中でひそやかに呼吸する小さな鳥になったような気分です。繭に包まれるように、安らいで自分の鼓動を聞いています。

12月27日 旧11月15日

吊されし鮟鱇《あんこう》何か着せてやれ

鮟鱇　冬　鈴木鷹夫《すずきたかお》

独特の存在感を放つ深海魚、鮟鱇。吊るし切りといい、鉤に吊る

真鶴（鹿児島県出水市）

され骨になるまで解体されていきます。いかにも寒そうなその姿に感じた哀れ、小さな心の痛みが、くすりと笑ってしまうユーモラスな表現で描かれました。

12月28日　旧11月16日

鶴啼くやわが身のこゑと思ふまで

鶴　冬　鍵《かぎ》和《わ》田《だ》秞《ゆう》子《こ》

昭和六十三年、日本最大の鶴の飛来地、鹿児島県出水《いずみ》市での作。コウコウと啼き続ける鶴の群れに囲まれ、立ち尽くしていると、やがて鶴と一体化し、鶴の声が自分のなかから発する声のように感じられました。

狼

12月29日　旧11月17日

まぼろしの狼連れて年惜しむ

年惜しむ　冬　坊《ぼう》城《じょう》俊《とし》樹《き》

大神《おおかみ》ともいわれ、かつては神と

して崇拝されていた狼。日本では明治三十八年の捕獲を最後に絶滅したといわれます。まぼろしの狼の面影を胸に、過ぎてゆく年をしみじみと思い返しています。

12月30日　旧11月18日

行く年や猫うづくまる膝の上

行く年　冬　夏目《なつめ》漱石《そうせき》

今年ももう終わり、膝の上で丸くなっている猫の温もりを感じながら、来し方に思いを巡らします。漱石は家に迷い込んできた猫をモデルにした『吾輩は猫である』で小説家としてデビュー、通算三匹の猫を飼いました。

12月31日　旧11月19日　大晦日

白をもて一つ年とる浮鷗

年とる　冬　森《もり》澄雄《すみお》

年の暮れの旅。漂泊の思いにかられながら夕暮れの海辺を歩きました。しだいに暗くなってゆく海の波間に浮かぶ白い鷗。夜、眠れないまぶたの裏にその白い姿が浮かんで消えないまま、新しい年へ向かおうとしています。

鷗

1月 【睦月《むつき》・初空月《はつそらつき》】

丹頂鶴のつがいのダンス（北海道）

1月1日　旧11月20日　元日

友達になれさうな初雀なり

初雀　新年　今瀬《いませ》剛一《ごういち》

新しい年が始まりました。よく晴れて澄んだ元日の空に、ちゅんちゅんと可愛い雀の声が響きます。庭を弾むように歩く雀もいかにも楽しそうで、親しみを覚えます。今年もいい年になりそうです。

1月2日　旧11月21日

連れてゐる犬にも御慶《ぎょけい》申したる

御慶　新年　奥名《おくな》春江《はるえ》

御慶は新年に交わすあらたまった挨拶です。道で出会った知人とていねいに挨拶を交わし、連れていたわんちゃんにも「今年もよろしくね」と声をかけます。「御慶」という、かしこまった言葉の意外性が楽しい一句です。

初雀

1月3日　旧11月22日

ほの暗き忍び姿や嫁が君

嫁が君　新年　河東《かわひがし》碧梧桐《へきごとう》

正月三が日の鼠を「嫁が君」といいます。正月の忌み言葉の鼠を言い換えたものです。深夜に走り回ってうるさい夜行性の鼠も、「嫁が君」の連想から、闇に紛れて忍び歩く優しく神秘的な存在になりました。

1月4日　旧11月23日

天井に貂《てん》棲むといふ秘仏かな

貂　冬　三嶋《みしま》隆英《りゅうえい》

厨子の扉が固く閉ざされ、見ることができない秘仏。そのお姿を

思いながらお参りします。やはり姿は見えないけれど、このお寺の天井には、鼬の仲間で美しい毛皮を持つ貂が潜んでいるということです。

1月5日 旧11月24日

軒の氷柱に息吹つかけて黒馬《あお》よ黒馬よ

氷柱　冬　臼田《うすだ》亜浪《あろう》

大正十三年、倶知安《くっちゃん》（北海道）での作です。あおは黒毛の馬のこと。凍りつく寒さのなか冬日に輝く氷柱、息を弾ませる黒馬の逞しさ。「あおよ、あおよ」という呼びかけから、生命の輝きに魅了された作者の喜びが伝わります。

1月6日 旧11月25日　小寒

ふるさとのここにもふくら雀かな

ふくら雀　冬　成井《なるい》侃《ただし》

雀は寒さが厳しくなると全身の羽毛をふくらませて丸くなります。これをふくら雀といいます。寒雀と同じ頃の雀ですが、やわらかさ、可愛らしさがありますね。故郷で丸々とした雀をみつけて、心が温かくなりました。

1月7日 旧11月26日　七草　人日

人日《じんじつ》の日を分け合ひし烏骨鶏《うこっけい》

人日　新年　天野《あまの》きく江《え》

今日七日は人日。中国漢の時代、一日は鶏、二日は狗《いぬ》、三日は猪、四日は羊、五日は牛、六日は馬の日と獣畜の占いを立て、七日に人の運勢を占ったことから定められました。冬日に包まれ、烏骨鶏が数羽静かに佇んでいます。

烏骨鶏

1月8日　旧11月27日　成人の日

木菟《みみずく》の耳をのぞいてゆきし子ら　森賀《もりが》まり

木菟　冬

木菟は、フクロウ科の鳥のうち羽角《うかく》という耳のような羽毛を持つ種の総称。一般には耳があるのが木菟、耳がないのが梟といわれます。「耳があるから木菟だね」。楽しそうに覗き込んでいく子供たちの姿が目に浮かびます。

1月9日　旧11月28日

晩成を待つ顔をして狸かな　有馬《ありま》朗人《あきと》

狸　冬

昔から人との関わりが深い狸。お伽噺では人をだます動物としてえがかれ、「狸親父」「狸寝入り」などよくない意味に使われますが、どこか間の抜けたような愛らしさも。でも実は大器晩成をめざしているんですね。

木菟

狸

1月10日

寒鴉己《し》が影の上《え》におりたちぬ

旧11月29日

寒鴉　冬　芝不器男《しばふきお》

寒さがしみとおるような寂しさ、鋭さが感じられる真冬の鴉。空から自分の影に吸い寄せられるように舞い降り、すっとその上に降り立って影と一体となった情景を、見事に言い留めました。昭和二年、二十五歳の作です。

1月11日

雪達磨星座のけもの聳えけり

旧12月1日

雪達磨　冬　南十二国《みなみじゅうにこく》

夜の闇に、子供たちが作った可愛い雪達磨が残っています。見上

天竺鼠（モルモット）

げると冬の夜空には、うさぎ座、おうし座、おおいぬ座、きりん座と、動物たちの星座が聳え立つように輝き、夜空の奥深く吸い込まれてしまいそうです。

1月12日 旧12月2日

寒雷やてんじくねずみ藁に寝て

寒雷　冬　中西《なかにし》夕紀《ゆき》

天竺鼠《てんじくねずみ》とはモルモットのこと。穏やかで人なつっこくペットとして人気です。遠くで冬の雷が鋭く鳴り響きました。けれど藁の上で、我関せず、というように安心しきって体を丸めて眠っている愛らしい姿に癒やされます。

1月13日 旧12月3日

鳥のうちの鷹に生れし汝かな

鷹　冬　橋本《はしもと》鶏二《けいじ》

眼光鋭く誇り高く、力強い存在感のある鷹。まさに鳥の王者である鷹を讃えます。昭和十九

鷹

年、「ホトトギス」巻頭となり高い評価を受けた句。鷹の秀句が多く「鷹の鶏二」といわれた作者の代表作です。

1月14日 旧12月4日

風花のひとひらづつが鳥の褥《しとね》

風花　冬　田中亜美《たなかあみ》

晴れた空に、雪片がひらひらと舞っています。風花です。そのひとひらずつが鳥の布団になって、さまざまな鳥たちが眠っているのです。青空を舞う雪片の一枚一枚にひそむ命。美しく幻想的なイメージが広がります。

1月15日 旧12月5日 小正月

白鳥といふ一巨花《いちきょか》を水に置く

白鳥　新年　中村草田男《なかむらくさたお》

水に浮かぶ白鳥の美しく堂々とした姿を、巨大な花と捉えました。「水に置く」と、すべての命を司《つかさど》る神の視点からえがき、現実を超越した大きな力と美しさを感じさせます。戦時中、昭和十八年の作です。

1月16日 旧12月6日

生きものに眠るあはれや龍の玉

龍の玉　冬　岡本《おかもと》眸《ひとみ》

厳しい寒さのなか、凛とした美しさを見せる龍の玉。龍の髭の実のことで、瑠璃色の宝石のように輝いています。眠ることなく命の光を放つ龍の玉。一方、眠らなければ生きていけない私たちいきも

白鳥

のの哀れを思います。

1月17日 旧12月7日

倒《とう》・裂《れつ》・破《は》・崩《ほう》・礫《れき》の街寒雀

寒雀　冬

友岡子郷《ともおかしきょう》

平成七年、阪神・淡路大震災での作。作者は兵庫県在住、家も半壊しました。家々も高速道路も崩れ、破壊されて何もかもが変わってしまった冬の街に、雀だけが変わらない姿を見せています。

1月18日 旧12月8日

心臓の近く兎を眠らせる

兎　冬

大石雄鬼《おおいしゆうき》

胸に兎を抱いています。やさしく撫でられてうっとりと目を閉じ、そろそろ眠ってしまいそうな兎。心臓の近くに小さな命の温もりを感じます。心の奥底で兎とつながり、命の交歓をしているような時間です。

1月19日 旧12月9日

蝶墜ちて大音響の結氷期

結氷期　冬

富澤赤黄男《とみざわかきお》

蝶が落ちるだけで大音響になるほど緊張感が張り詰めた結氷期。昭和十六年作、赤黄男の超現実主義的作風を示す代表作です。抑圧され極度に緊張した心象風景、凍りつくような戦時下の空気を象徴する句ともいわれます。

結氷（長野県木曽町・白川氷柱群）

1月20日　旧12月10日　大寒

求愛のくちばしを打つ雪の檻　十亀《そがめ》わら

雪　冬

雪のなか、しきりに嘴を突き、求愛行動を繰り返す鳥。しかしそれは檻のなか。どこへも出ていくことはできません。降りしきる雪に包まれ、檻に閉ざされてなお動きを止めない鳥に、哀れと悲しみを覚えるのです。

1月21日　旧12月11日

方頭魚《かながしら》ほどの口かと聞かれをり　岡井省二《おかいしょうじ》

方頭魚　冬

方頭魚ほどの口とはどれほどの大きさでしょうか。方頭魚はホウボウ科の魚。砂底に棲み、海老や蟹など甲殻類や小魚を食べますが、

方頭魚

体と比較して口が大きいので、大きな生物を丸々飲み込んでしまいます。

1月22日 旧12月12日

鶴凍てて花の如きを糞《ま》りにけり
凍鶴 冬 波多野爽波《はたのそうは》

厳冬のなか、片脚で立って首を翼の間に挟み込み、まるで凍りついてしまったように動かない凍鶴。ふとみじろぎして落とした糞に、花のような美しさを感じたのです。鋭い感覚で感じたままを素直に表現しました。

1月23日 旧12月13日

煮凝《にこごり》や鯛の目玉の真珠めく
煮凝 冬 齋藤朗笛《さいとうろうてき》

煮凝は肉や魚の煮汁を冷やし固めてゼリー状にしたもの。鯛を煮凝にすると、目玉が白く浮かび、それを真珠のよう、と捉えました。お祝い事には欠かせず、魚の王様と言われる鯛にふさわしいですね。

1月24日 旧12月14日

ふくろふに真紅の手毬つかれをり
ふくろう 冬 加藤楸邨《かとうしゅうそん》

不思議な句です。梟の鳴き声が、幼子が手毬を無心につく音に聞こえる、ともいわれますが、「真紅の手毬」が何を象徴するのか、さまざまに解釈がわかれます。わからないままになぜか心を捉える魅力的な一句です。

梟

文鳥

1月25日 旧12月15日

馬の尻馬の尻ここは雪の国

雪　冬　細谷《ほそや》源二《げんじ》

細谷源二は昭和二十年北海道豊《とよ》頃村《ころむら》の開拓地に入植、家族七人の暮らしは辛酸をきわめました。開墾で頼るのは馬の力。馬の後から手綱を引き作業を続けます。ひたすら馬の尻と真っ白な雪野に向き合う苦闘の日々でした。

1月26日 旧12月16日

文鳥に妻を娶らせ日脚伸ぶ

日脚伸ぶ　冬　藤田《ふじた》直子《なおこ》

文鳥に妻を迎えました。相性も良く幸せそうな二羽。だんだん日も伸びて、寒さがゆるんできたような穏やかな日々です。人なつっこく可愛らしい文鳥はインドネシアの固有種で、日本には江戸時代初期に輸入されました。

1月27日　旧12月17日

みちのくは底知れぬ国大熊《おやじ》生く

熊　冬　佐藤鬼房《さとうおにふさ》

辺境の地、みちのくは底知れない力を湛えた国。本州では絶滅し北海道にしか生息しない「山の親父」と呼ばれた羆《ひぐま》が、いまも生きているかもしれません。塩竈（宮城県）に住み、東北を力強く詠み続けた鬼房の一句です。

羆

1月28日　旧12月18日

氷下魚《こまい》穴ひかりは闇をしたたらし

氷下魚　冬　柚木紀子《ゆきのりこ》

北に生息するタラ科の魚、氷下魚。北海道では氷上の穴釣りが冬の風物詩になっています。厚い氷に開けた穴から、光が鋭くまっすぐに闇へ差し込みます。光に押されて、闇はさらに深く下へと滴り落ちてゆくようです。

1月29日　旧12月19日

一月の全景として鷗二羽

一月　冬　塩野谷仁《しおのやじん》

よく晴れた冬の一日、人気のない海岸で広々とした海をみつめま

す。心はしんと冴えて、茫洋としていた海の全景が隅々までくっきりと見えてきました。二羽の鷗が、一月の風景にいきいきとした息吹と生命力を与えます。

1月30日 旧12月20日

凍蝶に指ふるるまでちかづきぬ

凍蝶　冬　橋本《はしもと》多《た》佳《か》子《こ》

寒さのため、凍てついたような冬の蝶。もう飛び立つ力も残ってはいないのでしょうか。自らの気配を消すように息を止め、そっと指を近づけます。冷たい冬の空気のなか、心震えるような繊細な緊張感が漂う一句です。

1月31日　旧12月21日

羽もなく鰭《ひれ》もなく春待つてをり

春待つ　冬　藤井《ふじい》あかり

寒さに凍えた日々も過ぎ、もうすぐ春がやってきます。鳥のように羽もなく、魚のように鰭もないけれど、春を待つ心は同じです。やがて明るい春の日差しに誘われ、人間も動物たちも元気に動き始めることでしょう。

春待つ木立

2月【如月《きさらぎ》・梅見月《うめみづき》】

目白と白梅

白魚

2月1日　旧12月22日

明《あけ》ぼのやしら魚しろきこと一寸《いっすん》

しら魚　春　松尾芭蕉《まつおばしょう》

夜明け、まだほの暗いうちに浜に出ました。薄明のなかに浮かび上がる白魚の白。わずか一寸（約三・〇三センチ）ほどの小さな命、その白さが目にしみるようでした。『野ざらし紀行』の旅の途中、桑名（三重県）での作です。

2月2日　旧12月23日

うら若き掌にのせてきし雪兎

雪兎　冬　山本洋子《やまもとようこ》

可愛い雪兎を作って掌にのせ、見せてくれた若い女性。まだ少女らしさの残る若さが愛らしく、眩しく感じます。「うら若き掌」から、頬を上気させた可憐な女性のいきいきとした表情まで浮かんできます。

2月3日　旧12月24日　節分

けものらの耳さんかくに寒明けぬ

寒明け　春　三橋鷹女《みつはしたかじょ》

小寒から節分まで、一年でもっとも寒い約三十日間の「寒」も今日で終わり。明日が寒明けです。けれどまだまだ寒さは厳しく、獣たちは耳を高く三角に立てて、春の気配を感じとろうとしているようです。

2月4日　旧12月25日　立春

立春や徹頭徹尾黄のインコ

立春　春　藤本智子《ふじもとともこ》

美しい色彩の南方の鳥、インコは明治中期以降、飼い鳥として輸

インコ

入されるようになりました。今日は立春。一切混じりけのない鮮やかな黄色のインコに、春の明るさが溢れます。大げさな「徹頭徹尾」が楽しいですね。

2月5日 旧12月26日

てってっぽっぽう山鳩は春つれてくる

春　春　酒《さか》井《い》弘《こう》司《じ》

春風が吹く頃、山鳩の鳴く声をよく聞くようになります。山鳩が春を連れてくるようです。鳴き声を表わす「ててっぽっぽう」という口語表現が、なつかしい童話の情景のようなあたたかさを感じさせます。

山鳩

2月6日　旧12月27日

飯蛸《いいだこ》のあはれやあれで果てるげな

飯蛸　春　小西来山《こにしらいざん》

飯蛸は、胴にびっしり詰まった卵が、煮ると米粒のように見え、この名がつきました。古くから食用とされ、江戸時代の料理書にはさまざまなレシピが載っています。煮られ、命の果ててしまった飯蛸の哀れをえがきます。

2月7日　旧12月28日

豹の斑《ふ》の春うつくしき寒さかな

春寒　春　久保田万太郎《くぼたまんたろう》

早春の一日、黒と茶色の斑点模様を身にまとった豹をみつめます。春を感じさせる斑の美しさ、豹のしなやかな動きと凛々しさ、冷たくきりっとした早春の空気が伝わってきます。昭和三十年、上野動物園での作です。

2月8日　旧12月29日

音楽はさよりの動きにてドアへ

さより　春　原《はら》ゆき

鱵《さより》は青みがかった銀色の細長い魚。ほっそりした体と泳ぎ方から美しい魚として有名で、海の貴婦人ともいわれます。音楽は鱵のように美しくなめらかに、部屋のなかからドアへ、外へと漂っていきます。

鱵

2月9日　旧12月30日

魚屋の魚寝ており春の昼

春の昼　春　前田吐実男《まえだとみお》

のどかな春の昼、眠気に誘われ

うとうととしてしまいます。魚屋に並ぶ魚たちも気持ちよく眠っているようだという、楽しい発想の一句です。実は魚は水のなかで目を開けたまま寝ていて、眠りながら泳ぐ魚もいます。

2月10日 旧1月1日

薄氷《うすらい》の裏を舐めては金魚沈む

西東三鬼《さいとうさんき》

薄氷　春

水面に薄く張った氷の下にいる金魚。時折浮かんで薄氷の裏を舐めては、また水の底へ沈んでいきます。明るい日差しに春の気配を感じて、確かめにきたようです。そんな日々の後、氷も解け、本格的な春がやってきます。

2月11日　旧1月2日　建国記念の日

恋猫の恋する猫で押し通す

恋猫　春　永田耕衣《ながたこうい》

春は猫の恋の季節。発情期に入ると、雄猫は夜通し大きな声でせつなげに鳴き続け、必死に雌を追い求めます。ひたすら恋のみに打ち込む姿に呆れながらも、その正直さがうらやましくも愛おしくも感じられるのです。

2月12日　旧1月3日

強さうな鳩がをりけり梅見茶屋

梅見茶屋　春　小野《おの》あらた

梅を見に来てお茶屋さんでひと休み。鳩が集まり地面を啄んでいます。そんな穏やかで平和な情景のなかに現われた一羽の逞しい鳩。よくある景のなかにみつけた当たり前でないもの、小さな発見と驚きが一句になりました。

2月13日　旧1月4日

春ぞ修羅巻貝の奥の奥おもひ

春　春　柳生正名《やぎゅうまさな》

彼岸への憧憬と現世の俗に囚われた心の葛藤をえがいた、宮沢賢治の「春と修羅」が思い起こされます。さまざまな命が一斉に芽吹く明るい春こそ、辛い闘い、修羅の日々。巻貝の奥に潜む暗がり、深い闇を思います。

2月14日　旧1月5日

梅咲いて庭中に青鮫が来ている

梅　春　金子兜太《かねことうた》

庭の白梅が咲きました。その生命力を感じたとき、庭はまるで海の底のような青い空気に包まれました。精悍な青鮫が泳ぎ回って、生命のエネルギーを迸らせているように思えたのです。鮮烈な印象を与える一句です。

2月15日　旧1月6日

黒山羊の崖のぼりくる春の潮

春の潮　春　小島《こじま》　健《けん》

美しい春の海を見下ろす崖を、野生の黒山羊が登ってきました。

おとなしそうに見えて実は活発、高い所が好きで崖や木に登るのが得意な山羊。気持ちよい潮風が吹き抜けるような、小笠原諸島の父島（東京都）での作です。

2月16日　旧1月7日

喝采に海豹《あざらし》の芸ひとつのみ　金井《かない》文子《ふみこ》

海豹　春

丸い体にくりっとした目が愛らしい、好奇心旺盛な海豹。陸上は苦手で這うようにしか動けませんが、水中では俊敏です。大喝采を受けて登場した海豹、披露した芸はひとつだけ。でも愛嬌たっぷりで、水族館の人気者です。

海豹

2月17日 旧1月8日

聞きとめしことまなざしに初音かな

初音　春　片山由美子《かたやまゆみこ》

初音とは、その年初めて聞く鶯の声。一緒に歩いているとき、ふと遠い目をして耳を澄ませている仲間に気づきました。そのまなざしから、ひそやかな気配から、初音を聞いていることを感じとったのです。

2月18日 旧1月9日

きりもなく釣れて公魚《わかさぎ》あはれなり

公魚　春　根岸善雄《ねぎしよしお》

公魚釣りといえば凍った湖面に穴を開けて釣る穴釣りが有名ですが、各地で放流され、ドーム船（屋形船）でも気軽に楽しめます。群れる習性があるのでどんどん釣れて、嬉しい反面、なんだか哀れにも思えるのです。

2月19日 旧1月10日 雨水

大楠に諸鳥《もろどり》こぞる雨水かな

雨水　春　木村蕪城《きむらぶじょう》

今日は雨水。二十四節気のひとつで、雪が雨に変わり、雪解けが

駱駝

始まる頃です。解け出した水が田畑を潤し、草木も芽生え始めます。楠の大木にはさまざまな鳥が集まって賑やかに囀り、春の訪れを告げています。

2月20日　旧1月11日

春の山らくだのごとくならびけり　室生犀星《むろうさいせい》

春の山　春

「山笑う」ともいわれ、人の心を和らげるような、明るさとやわらかさを持つ春の山。砂漠をゆったりと歩く、穏やかな駱駝のイメージと重なります。熱心に句作し魚《ぎょ》眠洞《みんどう》という俳号を持つ犀星の昭和十二年の作です。

河馬

2月21日 旧1月12日

春愁の尾あらば立てて歩みたし

春愁　春　下坂速穂《しもさかすみほ》

花がほころび、鳥が囀り、明るい光に包まれた春。なのに心に愁いを覚えるのはなぜでしょう。もし尾があるならば、生気に満ち溢れた動物たちのように、堂々と力強く尾を立てて歩いていきたいのです。

2月22日 旧1月13日

水中の河馬が燃えます牡丹雪

牡丹雪　春　坪内稔典《つぼうちねんてん》

牡丹雪の降るなか、水中で燃える河馬。目の前に、あり得ない不思議な世界が広がります。河馬好きの作者は日本全国の河馬を訪ね歩き、「桜散るあなたも河馬になりなさい」など楽しい河馬の句を数多く詠んでいます。

2月23日 旧1月14日 天皇誕生日

初ひばり胸の奥処《おくど》といふ言葉

初ひばり　春　細見綾子《ほそみあやこ》

予期せず聞いた初雲雀の声。そのとき「胸の奥処から、涙のようなものが湧いて出てきた。涙はかなしみのためだけのものではないらしい」（細見綾子『俳句の表情』）。胸の奥の深いところから言葉にならない思いが溢れます。

初雲雀

2月24日 旧1月15日

右かれひ左ひらめの余寒かな

余寒　春　草間《くさま》時彦《ときひこ》

「右かれひ左ひらめ」とは昔からある鰈《かれい》と鮃《ひらめ》の見分け方です。腹を手前に置くと右に頭があるのが鰈で、左に頭があるのが鮃です。早春、なお寒さが残るなかの、活気ある漁港の魚市場の景が思い浮かびます。

2月25日 旧1月16日

犬の舌赤く伸びたり水温む

水温む　春　高浜《たかはま》虚子《きょし》

春になって川や湖などの水が温かくなってきました。水草が芽を出し、水底に潜んでいた魚も動き始めます。いきものがいきいきと躍動し始める頃。犬も元気に、健康的な赤い舌をべろんと長く伸ばしています。

犬

2月26日 旧1月17日

草千里下萌えにはや牛放つ

下萌え　春　里川水章《さとかわすいしょう》

阿蘇に広がる大草原、草千里（熊本県）。牛や馬が放牧された牧歌的で雄大な風景は人々の心を捉え、多くの詩歌に詠まれてきました。早春、わずかに草の芽が生え始めた下萌えの頃、早くも牛が放たれています。

2月27日 旧1月18日

畦道を野猫が駈けて春一番

春一番　春　波戸《はと》岡旭《おかあきら》

春一番が吹き荒れています。春一番は、立春後に初めて吹く強い

牛（熊本県・草千里）

南風。田んぼの真ん中の畦道を、元気いっぱいの野良猫が、春の訪れを喜ぶように荒々しい風に乗って勢いよく駈けていきます。

2月28日 旧1月19日

きさらぎや翼は雨を振り落とし

きさらぎ　春　日隈恵里《ひぐまえり》

如月は陰暦二月、陽暦ではほぼ三月にあたりますが、如月というと空気が冷たく凜として張り詰めた感じがあります。翼を濡らす雨を振り落としながら力強く飛ぶ鳥。自分も雨を振り払い、明るい春へ向かっていきます。

2月29日 旧1月20日

春の鳶寄りわかれては高みつつ

春　春　飯田龍太《いいだりゅうた》

二羽の鳶が近づいたり離れたりしながら、ゆっくりと、吸い込まれるように空の高みへ昇っていきます。鳶ののびのびとした飛翔を捉え、清爽な春の空気が感じられる、昭和二十一年、二十五歳の作です。

鳶

3月【弥生《やよい》・花見月《はなみづき》】

蜜蜂と蓮華草

3月1日　旧1月21日

痩蛙まけるな一茶是《これ》に有《あり》

蛙　春　小林一茶《こばやしいっさ》

痩せていかにも弱そうな蛙を応援しています。繁殖期に群れ集まった雄の蛙が雌を巡って争う、蛙《かわず》合戦《がっせん》を見ての作。自らの不遇を重ねて詠んだ句とも、五十代で初めて得た病弱な我が子を思っての句ともいわれます。

3月2日　旧1月22日

家鴨《あひる》から春の拡がる水辺かな

春　春　大串《おおぐし》章《あきら》

水辺で、家鴨が気持ちよさそうに戯れています。その様子が微笑ましく、温もりが感じられます。真っ白い体と黄色い嘴との対比も鮮やかで、家鴨の周りから春の暖かさが広がってゆくようです。

3月3日　旧1月23日　雛祭

カナリアの羽の色あり雛あられ

雛あられ　春　遠藤《えんどう》由樹子《ゆきこ》

今日は雛祭り、お雛様と一緒に雛あられを供えます。雛あられのなかの鮮やかな黄色が、カナリア

カナリア

の羽を思わせました。カナリアの愛らしさや生命力がいきいきとした明るさを感じさせ、女の子の幸せな未来も予感させます。

3月4日　旧1月24日

よく遊ぶおのれの影や柳鮠《やなぎはや》

柳鮠　春　阿波野青畝《あわのせいほ》

柳鮠は、鯎《うぐい》や追河《おいかわ》など、柳の葉のように小さく細長い魚の総称です。陽光きらめく春の日、浅い川の流れの底に影を落とし、敏捷に泳ぐ柳鮠。いつしか自分も柳鮠となって、水底を動き回る自分の影を見ています。

3月5日　旧1月25日　啓蟄

汐まねきというれしそうなるもの

汐まねき　春　阿部完市《あべかんいち》

望潮《しおまねき》という蟹の雄は、片方のハ

望潮

サミが大きくて白く、とても目立ちます。求愛行動でハサミを上下に振る動作が潮を招くように見え、この名がつきました。大きくハサミを振っている様子、なんだかいかにも嬉しそうです。

3月6日　旧1月26日

啓蟄や生きとし生きるものに影

啓蟄　春　斎藤《さいとう》空華《くうげ》

今日は啓蟄、地中の虫たちが地上に出てきます。どんなに小さくても、この世に影を刻むすべての命を愛おしく思います。肺結核を患い、死を覚悟しながら詠み続けた空華。昭和二十五年、三十一歳でこの世を去りました。

3月7日　旧1月27日

仕事せにゃ飯食はせにゃと地虫出づ

地虫出づ　春　如月《きさらぎ》真菜《まな》

さあ春だ、仕事をしなきゃ、子供に食事をさせなくちゃとあせって地上へぞろぞろ出てくる地虫たち。子育てで慌ただしい生活、とくに何かと忙しい春の日々を、地虫に重ねてユーモアたっぷりにえがいた一句です。

3月8日　旧1月28日

初蝶の草より高きもの知らず

初蝶　春　岩岡《いわおか》中正《なかまさ》

今年になって初めて蝶を見ました。新しい命との出会いが新鮮な喜びをもたらします。草の高さすれすれのところばかりひらひらと舞っている可憐ではかなげな蝶を愛おしみ、やさしいまなざしでみつめます。

初蝶

3月9日　旧1月29日

永き日の象を見てゐるキリンかな

永き日　春　遠《とお》山《やま》陽《よう》子《こ》

日が伸びて昼が長く感じられるようになりました。のんびりした気分で、空に大きく首を突き出したキリンを見ています。キリンがじっと見ているのは象。春の動物園に、人と動物たちのゆったりとした時間が流れます。

3月10日　旧2月1日

朧夜を泪のごとく湧きしえび

朧夜　春　宇《う》佐《さ》美《み》魚《ぎょ》目《もく》

朧夜は月がほのかに霞んで見える夜、朧月夜のこと。生暖かく、艶めいた気配が漂います。砂や暗い水のなかからいつのまにか姿を現わした海老を「泪のごとく」と表現しました。美しく幻想的な雰囲気に満ちた一句です。

3月11日 旧2月2日

嘴《くちばし》に動く鰭《ひれ》あり春日に満ち

春日 春　高野《たかの》ムツオ

平成二十三年、東日本大震災直後の作です。海鳥の嘴が咥えた魚は確かに生きて、もがいています。多くの生命が奪われ、変わり果てたこの地で見た、いきものの生の営み。春の日差しとともに、心に深くしみ入りました。

3月12日 旧2月3日

にはとりの血は虎杖《いたどり》に飛びしまま

虎杖 春　中原道夫《なかはらみちお》

鶏を絞めたときの血が虎杖に飛び散り、そのままになっています。虎杖の緑に点々と散った真っ赤な血や首を切り落とした情景が思い浮かび、強い印象を与える句です。人はいきものの命を頂いて生きていると実感します。

3月13日 旧2月4日

渦巻くはさみし栄螺《さざえ》も星雲も

栄螺 春　奥坂《おくざか》まや

ぐるぐると螺旋の渦を巻いた不思議な形の栄螺から、思いははる

虎杖

揚雲雀

かなる宇宙へと向かいます。時を超え空間を超えて、海の小さな命、栄螺と、作者のさみしさと、宇宙空間に漂う星雲がつながります。

3月14日 旧2月5日

揚雲雀空に音符を撒き散らす

揚雲雀　春　石井《いしい》いさお

春の空をどんどん舞い上がり、そのまま降りることなく囀りながら空高く飛び続ける揚雲雀。繁殖期の雄の縄張り宣言です。「音符」から美しい囀りも聞こえ、春の明るさ、光に満ちた空の美しさを感じさせる一句です。

3月15日 旧2月6日

富士山へ磯巾着のひらきけり

磯巾着　春　いさ桜子《さくらこ》

岩の上で毒を持った無数の触手を静かにひらく、色鮮やかな磯巾

磯巾着

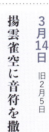

着。目を上げると富士山が美しい姿を見せています。どっしりとした富士山と、誘うようにどこか妖しげな動きを見せる、小さな磯巾着の対比が面白いですね。

3月16日 旧2月7日

花鳥《はなどり》に何うばはれてこのうつつ　上島鬼貫《うえしまおにつら》

花鳥　春

花鳥は特定の鳥ではなく、花と鳥を結びつけたいかにも春らしい気分を象徴する季語です。いまの自分は、美しい花や鳥たちに夢中になっているうちに、なんだかぼんやりとした夢見がちな状態になってしまったようです。

3月17日 旧2月8日　彼岸入り

さくら貝と生《あ》れてうすももいろの視野　正木《まさき》ゆう子《こ》

さくら貝　春

海辺に命をつなぐ小さな桜貝として、この世に生まれました。桃色の薄い貝を通して見る薄桃色の世界。まだ見ぬこの世は、ほんのりとやわらかな美しさに満ちています。桜貝を擬人化し、その可憐な美しさを讃えます。

3月18日 旧2月9日

熔岩一片ほどの人生　百千鳥　伊丹三樹彦《いたみみきひこ》

百千鳥　春

かつては熱く燃えたぎり、火口から流れ出た熔岩が、時を経て静

桜貝

土竜

かに冷え固まっています。たった一片の熔岩ほどのちっぽけな、しかし生命を燃やした豊かな人生でした。たくさんの鳥がそれを言祝ぐように鳴き交わします。

3月19日　旧2月10日

春光や土竜《もぐら》のあげし土もまた

春光　春　原《はら》　石鼎《せきてい》

明るい光に溢れた春の景が広がります。もぐらが穴を掘って地上に盛り上げた土もやわらかな光に包まれ、春らしさを感じさせます。春光は、もとは春の風光や景色をいう季語でしたが、春の日光にも用いるようになりました。

3月20日 旧2月11日 春分の日

竜天に登ると見えて沖暗し

竜天に登る　春　伊藤松宇《いとうしょうう》

「竜天に登る」は、勢いよく天に登る竜と、活力ある春の季節感が結びついた季語。中国の『説文解《せつもんかい》字《じ》』に「（竜は）春分にして天に登り、秋分にして淵に潜む」とあります。まさに竜が現われそうな暗い春の海です。

3月21日 旧2月12日

蛤を膝に鳴かせて夜の汽車

蛤　春　石塚友二《いしづかともじ》

ごとごとと夜汽車に揺られながら、膝に乗せた蛤の鳴くかすかな音を聞いています。さまざまな思いが胸をよぎります。四十八歳のときの句集『光塵』（昭和二十九年刊）所収、哀愁漂う一句です。

3月22日 旧2月13日

今朝燕見たよとレジに入りながら

燕　春　安倍真理子《あべまりこ》

朝、レジ打ちの仕事に入る前に息を弾ませて「今朝燕見たよ」と伝え、仲間と楽しい会話が続く様子が目に浮かびます。春に日本へやってくる燕。日々の暮らしを季節の話題が豊かに彩る様子が、いきいきとえがかれます。

3月23日 旧2月14日

囀《さえずり》のちゆんと応へてをりにけり

囀　春　後藤《ごとう》夜半《やはん》

春、鳥たちが美しく囀り始めます。耳を澄ませていると、雌を誘う雄の声に、雌がちゅんと応えました。思わず笑みがこぼれます。季語としての囀は、繁殖期を迎えた鳥たちの、求愛や縄張りを知らせる鳴き声です。

3月24日 旧2月15日

猫は炉に鵯《ひよ》は椿に涅槃西風《ねはんにし》

涅槃西風　春　西島麦南《にしじまばくなん》

涅槃西風は、釈迦入滅《にゅうめつ》の日、陰暦二月十五日頃に吹く風。西方浄土から吹く風という思いが込められています。いつもと同じように猫は炉から離れず、鵯《ひよどり》は椿に止まっています。あるがままの平和で満ち足りた時間です。

3月25日 旧2月16日

花見弁当いろんな犬の見て通る

花見　春　小川《おがわ》春休《しゅんきゅう》

今日はお花見、桜の木の下にレジャーシートを広げ、みんなでわいわいお弁当を食べています。ちょうど犬の目の高さ。いい匂いがするのでしょうか、こっちを見ていくいろんな犬と目が合って、楽しい気分になりました。

鵯と椿

3月26日 旧2月17日

はぐれたる羊のやうに雪残る

雪残る　春　仁平《にひら》 勝《まさる》

山に消え残った雪の形を、群れからはぐれた羊のようだと感じました。聖書に、百匹の群れからはぐれた一匹の羊を探し回る羊飼いの話が出てきます。俳句ははぐれた一匹の羊のためにあると、作者は語ります。

3月27日 旧2月18日

にっぽんは弓張るかたち鶴引けり

鶴引く　春　角谷昌子《かくたにまさこ》

日本で冬を過ごした鶴が、北方へ群れをなして帰っていきます。大きく弧を描く日本列島の形を思ったとき、日本という国が弓で矢を放つように鶴を放つ、壮大な景が浮かび上がってきます。

鶴引く

3月28日 旧2月19日

鳥の恋空逞しくなりにけり

鳥の恋　春　川村五子《かわむらゆきこ》

鳥たちの繁殖期、あちこちで美しい囀りや求愛の羽ばたきなどが見られます。そんな命の輝きの舞台となって、生命力溢れる春の空。鳥の恋の季節を経て、空も逞しくなったというのが面白いですね。

3月29日 旧2月20日

眼力《めぢから》の弱きライオン花の雨

花の雨　春　朝吹英和《あさぶきひでかず》

眼光鋭く迫力満点、百獣の王といわれるライオン。しかし強いときばかりではありません。このラ

羊

イオンは眼力も弱く、どこか頼りなげです。美しい桜の花をにじませる雨が、やさしく寄り添います。

ライオン

3月30日 旧2月21日

うぐひすのケキョに力をつかふなり

うぐいす　春　辻《つじ》桃子《ももこ》

ホーホケキョ、鶯の囀りが響きます。確かにホーと静かに入り、ケキョで力を爆発させるような力強さがありますね。クライマックスの美しい響きを、鶯が「力をつかふ」と表現、鶯のいきいきした生命力が伝わります。

3月31日 旧2月22日

鳥帰るいづこの空もさびしからむに

鳥帰る　春　安住《あずみ》敦《あつし》

空を見上げ、渡り鳥の姿をみつめます。鳥たちが北へ帰っていくのです。しかしどこへ行っても、心に巣くう寂しさは変わらないでしょう。寂しさと漂泊感が漂う、昭和三十五年、五十三歳の作です。

鶯

俳句のある風景

稲垣栄洋（植物学者）

俳句はいい。

自分で詠むのもいいし、誰かの作った句を読むのもいい。

俳句には、さまざまな季節の動植物が詠み込まれる。私はファーブル昆虫記を愛読するような子どもだったから、教科書で「やれ打つな蠅が手をすり足をする」という小林一茶の句を見たときには感動した。蠅の姿が活き活きと表現されているし、命乞いをしているというたとえもユニークだ。

小林一茶は江戸時代の俳人だ。ということは、私は一茶の句を通して、数百年もの時を超えて、江戸時代の蠅の姿を見ていることになる。モデルとなった蠅は、まさか自分の所作が後世に伝えられるなど、思ってもみなかったことだろう。

今も昔も蠅の営みは変わらない。もっとも、最近は蠅の姿もすっかり見かけなくなってしまった。私が子どもの頃は、まだ、家の中にふつうに蠅が見られたものだ。

蝿だけであれば良いが、最近は俳句の季語として用いられる生きものたちも姿を消しつつある。赤とんぼやメダカや泥鰌は、絶滅が心配されるほど数を減らしているらしい。雀の姿も最近では見る機会が少なくなった。気候変動なのか、異常気象なのか、私が子どもの頃とは、季節感もすっかり変わってしまった。生きものたちの歳時記が、これからどうなってしまうのか、心配になってしまう。

今も昔も俳句のある風景は、ずっとそのまま残っていてほしい。いなくなってしまった蝿に代わって、私は手をすり合わせて願いたい。

*

ところで、この場を借りて告白したいことがある。

じつは、今まで誰にも打ち明ける機会がなかったが、中学生のときに、俳句を作っていたことがあるのだ。

特に俳句が好きだったわけではない。

受験を控えていた私は、机に向かって受験勉強をしなければならなかった。テレビを見ることもできないし、ゲームをすることもできない。マンガを読むことさえできない。勉強する気にはなれないが、少なくとも勉強をしているフリだけは、していなければならない。ただ、どんなに体は拘束されていても、脳の中は自由である。そこで私は、参考書を読んでいるフリをしながら、脳の中だけで自由に遊ぶことのできる俳句を作り始めたのである。とはいえ、勉強机に座って見えるのは、横の窓から見える風景だけだ。道路を挟んで向かいの家が見える。向こうの遠くに山並みが見える。窓の左側には隣の家の木の枝が伸びている。見えるのは、これがすべてである。

ところが、たったそれだけの風景なのに、いざ俳句を作ろうと意識して眺めていると、風景が刻々と変わっていくことに気がついた。

空を見れば雲が流れていく。鳶らしき茶色い鳥が円を描いている。まさか、こんな住宅地に獲物がいるのだろうか？　空のもっと高いところを渡り鳥が飛んでいく。今日はどこまで行くのだろう？　目のピントを変えてみると、青空を背景にして雪虫が舞っていくのが見えた。

どこからか小鳥が木の枝に飛んできて、しばらくひなたぼっこをしていたが、そのうち、またどこかへ飛んでいった。目の前の電線を見れば、雀が並んで何やらおしゃべりしている。近くに目を落とすと、窓の枠をくたびれた冬蜂がとぼとぼ歩いて行く。屋根のひさしを見れば、蜘蛛の巣が冬の風に揺れている。

季節は冬だが、そこには間違いなく生き物たちの生命の営みがあったのだ。やがて、夕日が西に傾いていく。姿は見えないが、どこかで鴉が鳴く声が聞こえる。空は刻一刻と色を変化させながら、世界は夕闇に包まれていく。窓を開けてみれば、空には冬の星座が輝き始めた。

小さな窓だが、毎日毎日、違う風景が見える。私は俳句作りに夢中になった。こんな調子だから、受験勉強は、まるではかどらなかったが、気がつけば、私のノートは下手な俳句でいっぱいになった。そして、最後のページが尽きたとき、私はノートの表紙に黒マジックでこう書いた。「句集　冬の机」。それが中学三年生のときの思い出である。

当然のことだが、このノートは今では残っていないので、誰も見ることはできない。だからこそ自信を持って言い切れるが、歴史に残る名句ばかりが記されていたはずだと記憶している。

入試が終わって、俳句を作ることはなくなった。しかし、このときの体験は大人になった今でも、つまらなくて長い会議のときに役に立っている。どんなに体は拘束されていても、脳の中は自由なのだ。

＊

紆余曲折を経て、私は現在、大学で植物学を教えている。

ところが、である。植物を研究するはずの私の研究室のゼミで、突然、俳句が流行りだした。

私のゼミは、そんなにつまらないのだろうか⁉

あろうことか、私がゼミの連絡をするためのメッセージアプリに、学生たちは思いついた俳句を投句していく。それどころか、今ではゼミの時間の最初に「今週の俳句」を披露するコーナーさえできてしまった。そのうち俳句に興味のある職員たちまでもが学生の俳句披露の時間に参加するようになってきた。いったい、何の集団なんだ！

面白いもので、私がムキになって教えても学生の研究能力はまるで高まらないのに、学生たちが自分たちで勝手にやっている俳句の腕は上達していく。

俳句をやらない私が言うのもおこがましいが、俳句で大切なことは、まず「観察力」だろう。俳句を作るためには、何気ない風景やありふれた日常の中に、俳句の素材になるような何かを見つけ出さなければならない。そのためには、よく観察することが必要だ。

それだけではない。

ありふれた風景の中の当たり前のものを当たり前に詠んでも、何も面白くない。そこには、何か驚きや感動があった方がいい。つまりは、「新しい発見」が必要なのだ。

しかし、他人の理解を超えてあまりに斬新すぎても独りよがりになってしまう。だから、その新しい発見を読者に伝える必要がある。そして、「あるある」「わかるわかる」という共感を得なければならないのだ。俳句はたった十七音の文字情報に過ぎないが、その少ない文字数で情景を伝えることができる。つまり映像や音声を伝えることができるのだ。

それだけではない。十七音の中で作者の心情も伝えることができるし、情景の向こうにある広い世界を伝えることもできる。良い俳句は、はるかな時間と空間を超えて、どこかの誰かに「伝える力」があるのである。

「観察力」「新しい発見」「伝える力」……。

そうなのだ。

これは、まさに研究に必要な能力と同じである。

俳句を詠むことは、まさに自然科学を探究すること、そのものなのだ。


何ということだろう。

かくして、今や私のゼミは、完全に俳句サークルと化している。

腹が立つので実名を公表してやるが、私のゼミで俳句の流行を首謀したのは、小林くんである。

そういえば……そういえば、一茶と同じ苗字ではないか！

小林一茶は、生き物へのまなざしを詠んだ句が多く、私の好きな俳人だ。

まさか……まさか、と思うけど数百年の時を超えて……、そんなはずはないよね。

稲垣栄洋（いながき・ひでひろ）
一九六八年生まれ。博士（農学）。農林水産省、静岡県農林技術研究所などを経て、静岡大学農学部教授。四十歳を過ぎて短歌を始める。コスモス短歌会会員。著書に『古池に飛びこんだのはなにガエル?』『身近な雑草の愉快な生きかた』『生き物が老いるということ』『植物に死はあるのか』『はずれ者が進化をつくる』などがある。

季語のいきもの

〈春〉

【亀鳴く】 かめなく　三春

春ののどかな昼や朧のかかる夜、どこかで亀が鳴いているように聞こえるという意味の季語です。実際には亀は鳴くことがなく、水面で呼吸する音や、かすかに聞こえる息の音のことだと解説されることもありますが、鳴くはずもない亀が鳴いていると空想する滑稽味が愛され、詠みつがれてきました。「河越しの遠《おち》の田中の夕闇に何ぞと聞けば亀ぞ鳴くなる」という藤原為家の和歌が元になっています。川の向こうの遠くの田の夕闇から何かの鳴き声がする、何だろうと人に聞いたら、亀が鳴いているのだと教えられた、という意味の歌です。

【雉】 きじ　三春

雉といえば黒みがかった緑色の美しい羽の光や、「ケーン、ケーン」という勇ましい鳴き声が有名ですが、これはどちらも求愛や縄張り争いをしなければならないオスの特徴です。その姿や声は古くから愛され、また一方で、狩猟の獲物にもなってきました。日本の「国鳥」としても知られますが、これは一九四七年に日本鳥学会が選定したもので、実は公的な位置づけではないそうです。とはいえ、昔話「桃太郎」の家来としてのイメージなどもあり、日本文化を代表する鳥です。

【田鼠化して鶉となる】 でんそかしてうずらとなる　晩春

陰暦で季節を表す七十二候で、二十四節気の清明を三等分したうちの二番目、陽暦四月半ばにあたります。春になると田鼠（もぐら）が鶉になるという中国の俗信に基づいています。七十二候にはほかにも「鷹化して鳩となる」（春）、「雀蛤となる」（秋）といった、空想に遊んだユニークなものがあり、季語に取り入れられています。七十二候はすべてが歳時記の季語になっているわけではなく、俳諧味の感じられるものが選ばれているようです。

【春の駒】 はるのこま　晩春

「駒」は馬を指す古語で、古典文学、とりわけ和歌の世界では「馬」といわずに「駒」と呼ぶのが一般的でした。『新古今和歌集』の代表的な歌の一つである藤原定家の「駒とめて袖うちはらふかげもなし佐野のわたりの雪の夕暮れ」も「駒」と詠んでいますね。「駒」は馬の総称でもありますが、とりわけ仔馬を限定して指す言葉でもあります。「春の駒」といったときにも、単に春の馬全般を指すのではなく、その年に生まれた若い馬のことです。「仔馬」も季語ですが、「春の駒」「春駒」「若駒」と呼ぶと古風で典雅な印象になります。

【蚕】 かいこ　晩春

絹糸を取るための養蚕は、日本では江戸時代から発達し、明治時代には主要な産業の一つにもなりました。それゆえ蚕に関係する「蚕飼《こがい》」「飼屋《かいや》」「蚕《かいこ》棚《だな》」などはみな季語になっています。養蚕は晩春から晩秋にかけて、多ければ年に三回行われますが、春の繭がもっとも良質であることから、単に「蚕」といったら春の季語です（「春蚕《はるご》」という言い方もあります）。綿糸や合成繊維の発達で昭和後期には養蚕人口が激減し、いまでは馴染みのない風景になりましたが、明治から昭和前期の句集をめくってみると、多くの俳人が身近なものとして蚕を詠んでいます。

【鰊】　にしん　晩春

かつて初春に産卵魚が大群で押し寄せる（群来《くき》）ことから「春告魚」とも呼ばれた回遊魚。特に明治時代後期からは北海道の各地で漁獲され、最盛期には年間約百万トンの水揚げを誇り、富を得た漁業者が建てた立派な家が「鰊御殿」と呼ばれましたが、乱獲の結果戦後しばらくすると鰊の群来が途絶え、日本の鰊漁は衰退しました。しかし近年、人工授精で育てた稚魚を放流する計画が功を奏し、ふたたび漁獲量が増加しつつあります。資源復活の例として注目されます。

〈夏〉

【蟾蜍・蟇】　ひきがえる　三夏

主に陸に生息する大きな蛙です。「がまがえる」とも呼ばれます。本書で紹介した「蟾蜍長子家去る由もなし」（中村草田男／五月三十一日）は昭和初期の句で、蟾蜍のどっしりとした存在感から「長子」が連想されます。ほぼ同じ時期、草田男とともに人間探究派と呼ばれた加藤楸邨も「蟇誰かものいへ声かぎり」とヒキガエルの句を作りました。戦争へ向かう時代、自分の考えを大声では言えない陰鬱さが季語に託されています。俳人たちはこの動物からさまざまな詩情を汲み取ったのです。

【金魚】　きんぎょ　三夏

一年中みられるものであっても、その季節特有の風情を催すものは季語とされます。金魚は泳ぐ様子に清涼感が感じられることから夏の季語に数えられます。その金魚を桶に入れて天秤棒で担ぐ金魚売という行商人もおり、「きんぎょーえー、きんぎょー」という独特の売り声が親しまれました。江戸時代から昭和時代にかけて、町にはさまざまな行商人が歩いていましたが、現代では金魚売に限らず、ほとんど行商を見かけなくなりました。

【郭公】 かっこう　三夏

夏場の林や野原で「カッコー、カッコー」と鳴く鳥で、人が訪れないさまをいう「閑古鳥が鳴く」という慣用句の「閑古鳥」もカッコウのことです。「カッコウ」という名前は、「かんこどり」が訛ったものとも、その鳴き声を聞きなして名付けられたものとも考えられています。なお、実は「郭公」という漢字には「ほととぎす」という読み方もあります。カッコウとホトトギスがよく似ており、混同された結果、ホトトギスに「郭公」の字が当てられたのです。古典文学に「郭公」が出てきたらホトトギスの方である可能性が高いのですが、現在は使い分けられており、「郭公」といえばカッコウのほうです。

【道おしえ】 みちおしえ　三夏

体長約二センチの甲虫で、一般には「斑猫《はんみょう》」と呼ばれますが、ぴょんぴょんと飛んでは立ち止まる様子が道案内をしているように見えることからこのような名前も持っています。あざやかな斑紋を持っている美しい虫で、俳句ではその美しさや道案内の愛嬌が詠まれますが、皮膚に炎症を起こすカンタリジンという毒を持っており、泉鏡花の幻想小説「龍潭《りゅうたん》譚《だん》」ではその危険性から物語の重要な役割を果たします。

【愛鳥日】 あいちょうび　初夏

五月十日、野鳥の保護を国民に訴える日です。鳥類保護の精神はアメリカで発達したもので、アメリカでは約百五十年前から愛鳥日が設けられ、学校では自然界における鳥の重要性を児童に教える機会としてきました。日本ではもともとは占領期の一九四六年、GHQの勧告に従って結成された鳥類保護連盟が愛鳥の日の集いを催したのが起源で、一九五〇年からは十六日まで続く愛鳥週間も設けられました。現在では環境省、連盟、担当県が主催して各種のイベントが行われます。かつては日本でも鳥類保護が学校教育で重視されていました。

〈秋〉

【蚯蚓鳴く】　みみずなく　三秋

静かな秋の夜道、道端や畑の土の中から「ジーッ」という蚯蚓の鳴き声が聞こえてきて寂寥感が増すという季語ですが、蚯蚓に声を出す器官はなく、空想上の季語です。オケラの鳴き声を蚯蚓と誤ったものだと考えられています。蚯蚓は鳴かないと科学的に判明した現在でも親しまれる季語で、春の「亀鳴く」と並んで、俳人の空想の趣味がよく表れた季語です。

【馬肥ゆ】　うまこゆ　三秋

「馬力」という言葉が残っているように、生活に機械が入ってくる以前、人間は馬の力を借りて移動や農作業を行っていました。秋になると馬は皮下脂肪が増え、健康的に見えます。そのさまを言ったのが「馬肥ゆ」です。「天高く馬肥ゆる秋」というフレーズで人口に膾炙しています。中国の漢詩文に典拠があるという説もありますが、日本の古典文学では使用例が見当たらない表現で、明治時代に小説家・田山花袋が用いているのが早い例です。俳句では高浜虚子が「牧の馬肥えにけり早も雪や来ん」と詠んでいるのがさきがけです。

【邯鄲】 かんたん　初秋

虫の声は秋の風物詩。蟋蟀、鈴虫、松虫、きりぎりすなどさまざまな虫が耳を楽しませますが、邯鄲もそんな虫のひとつです。透明な羽、淡黄色の体と見た目にも美しいのが特徴です。風雅な名前の由来となったのは「邯鄲の枕」という中国の故事。目的もなく故郷を出て趙の都の邯鄲に赴いた青年が、導士から渡された枕で眠ります。その後青年は苦難にも遭いながら幸せな一生を送りますが、気づけばそれは道士の枕で見た、わずかな間の夢。人生の栄枯盛衰の儚さを悟った青年は郷里に帰ります。この故事は日本でも古くから人々の心を打ち、この虫の名前にもなりました。

【雁】 かり・かりがね　晩秋

秋にはさまざまな渡り鳥が北方から日本へ飛来しますが、中でも雁は古くから愛される渡り鳥の代表で、夕方の空に雁が連なり飛ぶさまは、晩秋の情感を抱かせます。日本では雁に関する伝承や風俗も多く見られます。そのひとつが、青森県津軽地方の春の風習で、浜辺に落ちている枝を集めて風呂を焚く「雁供養《かりくよう》」です。渡ってくる際、枝を咥え、疲れると海上に枝を浮かべて休むとされる雁。陸に着いた雁はその枝を浜に落とし、春にまた北へ戻るとき、同じ枝を拾ってゆくというのです。それゆえ春先の浜に落ちている枝は、生きて帰れなかった雁のものだと考えられ、その供養のために「雁風呂《がんぶろ》」を焚く風習が生まれたのでした。

【秋刀魚】 さんま　晩秋

「秋」の字が入っている通り、秋の味覚の代表格です。古典落語「目黒の秋刀魚」でもおなじみの大衆魚ですが、近年はずいぶん値が張るようになりました。意外なことに季語になったのは昭和時代に入ってから。おそらく最初に詠んだのは本書で紹介した「道玄坂さんま出る頃の夕空ぞ」（久米三汀／九月十一日）でしょう。この句では「出る頃の」と詠んでおり、秋刀魚だけでは季語にならないと久米が考えたことが窺えます。秋刀魚が文学に登場するきっかけとなったのは、大正時代の佐藤春夫の詩「秋刀魚」。人妻への恋心をうたった「あはれ／秋風よ／情《こころ》あらば伝へてよ／――男ありて／今日の夕餉《ゆうげ》にひとり／さんまを食《くら》ひて／思ひにふける　と。」という詩句が評判を呼びました。久米もこの詩を意識していたと考えられます。

〈冬〉

【梟】　ふくろう　三冬

森林に棲み、「ホーホー」という声を発し、まれに人前に姿を現すフクロウ。姿も生態もよく似たミミズクもフクロウ科の鳥で、両者を区別する科学的な根拠はありませんが、一般に耳のような羽を持っているものをミミズク、ないものをフクロウと呼びます。夜行性の肉食動物で、暗夜にも働く目、餌となる動物の動きを敏感にとらえる耳、捕食に有利な形の嘴や足、音を立てない羽を備えています。ローマ神話では知恵の神・ミネルヴァが従えている動物であることから、西洋では知恵をつかさどるともされ、そのイメージは日本でも知られています。

【狐】　きつね　三冬

日本人にとって狐は身近な動物です。「うれしさの狐手を出せ曇り花」（原石鼎／四月二日）というように、かつては季語に含まれず、さまざまな季節に詠まれましたが、冬の季語「狩り」の連想から、現在では冬の季語のひとつとなっています。関連する季語「狐火」は、冬の夜、山や野原に浮かび上がって見える怪しい火を、妖力を持つ狐が口から吐いた火と考えたもので、こちらは江戸時代から季語になっています。「狐火や髑髏《どくろ》に雨のたまる夜に」（与謝蕪村）

【竈猫】　かまどねこ　三冬

熱の残った竈にもぐって暖を取る猫のこと。寒さを嫌うあまり灰だらけになっているさまは愛くるしいものです。「竈猫」という季語は富安風生が「何もかも知つてをるなり竈猫」という句に造語として用いたことで生まれました。竈のある暮らしをしていた時代の人々ならたちどころに情景が浮かぶ巧みな造語です。この句は共感を呼び、「主人散歩のそりのそりと竈猫」（山口青邨）、「竈猫忘れゐしゆゑ腹立てぬ」（中村汀女）と、周囲の俳人たちが真似し、季語として定着しました。

【凍鶴】　いてづる　三冬

シベリアから飛来する渡り鳥、鶴。「鶴」だけでも冬の季語ですが、片足で立ち、長い首を曲げて翼に挟み、じっとしている姿が、厳寒の風雪に耐えているように見え、まるで凍りついてしまったようであることから、じっとしている鶴を特に「凍鶴」という美しい名前で呼びます。鶴はかつて日本各地で見られた鳥ですが、現在では越冬に適した環境が減少し、わずかな飛来地には多くの人々が見物にやってきます。

【ふくら雀】　ふくらすずめ　晩冬

冬を乗り切るため、いきものは種によってさまざまな方法を取ります。雀は全身の羽毛を膨らませ、空気の層を作ることによって寒さをしのぎます。その姿から冬季の雀を「ふくら雀」と呼びます。他の季節と比べてふくらんで見える姿がかわいらしく見えます。冬は野生動物の食糧の乏しくなる季節でもあり、それゆえ雀は人家に近づいてきます。冬は雀を見かけやすい季節でもあるのです。もっとも、人間の生活に雀が慣れた現代では、一年中見かける鳥でもあります。

〈新年〉

【嫁が君】よめがきみ　新年

正月三日の間、鼠をこう呼びます。縁起を担ぐめでたい新年には、大切な米に食害をなす鼠を直接呼ぶことを避け、忌み言葉を使うのです。「嫁」の字が当てられていますが、本来、お嫁さんの意味はないといいます。「夜目」のことだという説など、何らかの語源があると考えられていますが、はっきりしたことはわかっていません。語源はともかく「嫁」の字の好ましさから、愛すべき小動物として詠まれることもしばしばです。

季語索引

あ

愛鳥日（あいちょうび）27
青蘆原（あおあしはら）31
青嵐（あおあらし）29
青蛙（あおがえる）40
青大将（あおだいしょう）31
青葉木菟（あおばずく）49
赤蜻蛉（あかとんぼ）80
秋（あき）99
秋うらら（あきうらら）91
秋草（あきくさ）96
秋鯖（あきさば）101
秋空（あきぞら）83
秋高し（あきたかし）96
秋立つ（あきたつ）68
秋燕（あきつばめ）82
秋の蚊（あきのか）77
秋の蜘蛛（あきのくも）91
秋の昼（あきのひる）90
秋の蛇（あきのへび）85
秋のほたる（あきのほたる）75
秋晴れ（あきばれ）80
秋深し（あきふかし）102
秋夕焼（あきゆうやけ）98
揚羽（あげは）27
揚雲雀（あげひばり）169
明易し（あけやすし）32
朝ぐもり（あさぐもり）54
朝焼（あさやけ）58
海豹（あざらし）156
浅蜊（あさり）19
あたたか 21
暑さ（あつさ）64
花鶏（あとり）98
虻（あぶ）14
天の川（あまのがわ）69
アマリリス 49
江鮭（あめのうお）94
あめんぼ 44
鮎（あゆ）36
蟻（あり）54
鮟鱇（あんこう）132
飯蛸（いいだこ）152
勇魚（いさな）116
磯巾着（いそぎんちゃく）169
虎杖（いたどり）168
一月（いちがつ）146
石たたき（いしたたき）74
一八（いちはつ）40
凍蝶（いてちょう）147

凍鶴（いてづる） 144
いなご捕り（いなごとり） 72
稲雀（いなすずめ） 95
稲びかり（いなびかり） 74
色鳥（いろどり） 87
鰯（いわし） 72
岩魚釣（いわなつり） 56
浮寝鳥（うきねどり） 124
鶯（うぐいす） 15 176
兎（うさぎ） 142
雨水（うすい） 157
薄氷（うすらい） 153
馬肥ゆ（うまこゆ） 74
梅（うめ） 154
梅見茶屋（うめみぢゃや） 154
うららけし 13
瓜の馬（うりのうま） 72
瓜坊（うりぼう） 101
虎魚（おこぜ） 34
おしどり 123
落鮎（おちあゆ） 89
落葉（おちば） 115
落し文（おとしぶみ） 42
鬼やんま（おにやんま） 96
朧夜（おぼろよ） 167

か

蚊（か） 58
返り花（かえりばな） 109
蛙（かえる） 164
案山子（かかし） 83
ががんぼ 34
風花（かざはな） 141
河鹿（かじか） 33
かたつぶり 44
がちゃがちゃ 76
郭公（かっこう） 42
蝌蚪（かと） 13
方頭魚（かながしら） 143
蟹（かに） 67
鉦叩（かねたたき） 71
兜虫（かぶとむし） 62
天牛（かみきり） 60
神迎え（かみむかえ） 126
亀鳴く（かめなく） 19
亀の子（かめのこ） 42
鴨（かも） 131
羚羊（かもしか） 109
翡翠（かわせみ） 26
かわほり 26
雁（かりがね） 106
枯山（かれやま） 127
寒明け（かんあけ） 150
寒鴉（かんがらす） 139
寒雀（かんすずめ） 142
邯鄲（かんたん） 74
カンナ 71
寒雷（かんらい） 140
きさらぎ 162
雉（きじ） 21
鱚（きす） 62
啄木鳥（きつつき） 108

狐（きつね）118
着膨れ（きぶくれ）132
御慶（ぎょけい）136
金魚（きんぎょ）44
金線魚（きんせんぎょ）116
草かげろう（くさかげろう）32
草の実飛ぶ（くさのみとぶ）95
草雲雀（くさひばり）78
草紅葉（くさもみじ）105
熊（くま）111
蜘蛛（くも）38
曇り花（くもりばな）10
海月（くらげ）56
クリスマス 131
啓蟄（けいちつ）166
結氷期（けっぴょうき）142
毛虫（けむし）31
62
恋猫（こいねこ）154
黄落（こうらく）108
こおろぎ 89
五月（ごがつ）34
凩（こがらし）119
穀象（こくぞう）60
木下闇（こしたやみ）67
東風（こち）11
小鳥（ことり）81
子猫（こねこ）13
木の葉山女（このはやまめ）105
木の実（このみ）99
小春（こはる）110
氷下魚（こまい）146
小瑠璃（こるり）24

さ

囀（さえずり）173
さくら貝（さくらがい）170
桜鯛（さくらだい）18
鮭（さけ）91
栄螺（さざえ）168
鯖（さば）29
鯖雲（さばぐも）82
さより 152
山椒魚（さんしょううお）27
さんま 85
汐まねき（しおまねき）165
鹿（しか）86
99
四十雀（しじゅうから）52
下萌え（したもえ）161
慈悲心鳥（じひしんちょう）46
地虫出づ（じむしいづ）166
尺蠖（しゃくとり）55
十三夜（じゅうさんや）104
十二月（じゅうにがつ）129
春寒（しゅんかん）152
春光（しゅんこう）171
春愁（しゅんしゅう）159
初夏（しょか）28
しら魚（しらうお）150
白鷺（しらさぎ）44
人日（じんじつ）137
しんちぢり 106
すいっちょん 76

涼風（すずかぜ）61
鱸（すずき）86
芒原（すすきはら）98
涼し（すずし）54
鈴虫（すずむし）77
雀の子（すずめのこ）18
炭馬（すみうま）111
ずわい蟹（ずわいがに）122
聖五月（せいごがつ）24
清明（せいめい）11
セーター 131
雪加（せっか）35
蟬（せみ）66
蟬殻（せみがら）67
霜降（そうこう）103

た

体育の日（たいいくのひ）96
鷹（たか）140
鷹柱（たかばしら）85
太刀魚（たちうお）76
狸（たぬき）138
チェホフ忌（ちぇほふき）57
茅の輪（ちのわ）50
ちゃぐちゃぐ馬こ（ちゃぐちゃぐうまこ）41
茶の花（ちゃのはな）111
蝶（ちょう）19
月夜（つきよ）101 109
つくつくぼうし 70
鶫（つぐみ）103
筒鳥（つつどり）39
燕（つばめ）21 172
梅雨（つゆ）46
梅雨明（つゆあけ）58
露の玉（つゆのたま）104
氷柱（つらら）137
鶴（つる）133
鶴来る（つるきたる）94
鶴引く（つるひく）175
貂（てん）136
天使魚（てんしうお）28
田鼠化して鶉となる（でんそかしてうずらとなる）14
天高し（てんたかし）90
てんとう虫（てんとうむし）38
冬至（とうじ）130
とうすみ 49
冬眠（とうみん）125
蟷螂（とうろう）81
蜥蜴（とかげ）40
年惜しむ（としおしむ）133
年とる（としとる）134
飛魚（とびうお）58
鳥帰る（とりかえる）176
鳥の恋（とりのこい）175
鳥の巣（とりのす）16
鳥わたる（とりわたる）92

な

永き日（ながきひ）167

夏鶯（なつうぐいす） 27
夏蚕（なつご） 71
夏つばめ（なつつばめ） 52
夏深し（なつふかし） 61
夏帽子（なつぼうし） 63
ななふし 95
海鼠（なまこ） 125
鯰（なまず） 53
なめくじら 46
鳰（にお） 129
煮凝（にこごり） 144
鵺（ぬえ） 54
暖鳥（ぬくめどり） 115
涅槃西風（ねはんにし） 173
乗込鮒（のっこみぶな） 12
野馬追（のまおい） 64

は

羽蟻（はあり） 57
蝿（はえ） 68
蝿生る（はえうまる） 11
白鳥（はくちょう） 141
白露（はくろ） 83
はこべら 17
走梅雨（はしりづゆ） 35
螇蚸（はたはた） 73
初しぐれ（はつしぐれ） 110
初雀（はつすずめ） 136
初蝶（はつちょう） 166
初音（はつね） 157
初ひばり（はつひばり） 159
初猟（はつりょう） 113
花鳥（はなどり） 170
花の雨（はなのあめ） 175
花見（はなみ） 173
蛤（はまぐり） 172
浜千鳥（はまちどり） 110
春（はる） 12 17 151 154 162 164
春一番（はるいちばん） 161
春蚕（はるご） 15
春の海（はるのうみ） 10
春の駒（はるのこま） 11
春の潮（はるのしお） 154
春の昼（はるのひる） 152
春の山（はるのやま） 158
春日（はるび） 168
春待つ（はるまつ） 148
春行く（はるゆく） 22
晩秋（ばんしゅう） 103
日脚伸ぶ（ひあしのぶ） 145
火蛾（ひが） 52
蟾蜍（ひきがえる） 36
ひぐらし 76
日盛（ひざかり） 60
羊の毛刈る（ひつじのけかる） 20
雛あられ（ひなあられ） 164
吹流し（ふきながし） 25
ふぐ 113
ふくら雀（ふくらすずめ） 137
梟（ふくろう） 123 144
袋角（ふくろづの） 34
懐手（ふところで） 118

舟虫（ふなむし） 53
冬（ふゆ） 113 116 120
冬木（ふゆき） 127
冬籠（ふゆごもり） 128
冬ざれ（ふゆざれ） 118
冬空（ふゆぞら） 125
冬に入る（ふゆにいる） 110
冬の蠅（ふゆのはえ） 122
冬の水（ふゆのみず） 122
冬蜂（ふゆばち） 115
鰤（ぶり） 130
ぶんぶん 39
蛇（へび） 48
蛇の衣（へびのきぬ） 35
放屁虫（へひりむし） 89
ベラ 46
魴鮄（ほうぼう） 123
穂草（ほぐさ） 88
ほたる 39
牡丹雪（ぼたんゆき） 159
時鳥（ほととぎす） 43

ま

まくなぎ 66
松蟬（まつぜみ） 25
馬刀（まて） 17
蝮（まむし） 46
水温む（みずぬるむ） 160
道おしえ（みちおしえ） 61
みどりの日（みどりのひ） 25
みのむし 96
みみず 54
木菟（みみずく） 138
蚯蚓鳴く（みみずなく） 87
椋鳥（むくどり） 85
むささび 118
虫の音（むしのね） 87
目白（めじろ） 45
目高（めだか） 29
毛布（もうふ） 130
鵙（もず） 88
鵙の贄（もずのにえ） 102
百千鳥（ももちどり） 170

や

灼く（やく） 63
寄居虫（やどかり） 15
柳鮠（やなぎはや） 165
山眠る（やまねむる） 114
山の日（やまのひ） 70
山蛭（やまびる） 53
山繭（やままゆ） 68
雪（ゆき） 143 145
雪兎（ゆきうさぎ） 150
雪しぐれ（ゆきしぐれ） 128
雪達磨（ゆきだるま） 139
雪残る（ゆきのこる） 175
行く年（ゆくとし） 134
湯ざめ（ゆざめ） 114
柚子（ゆず） 102
百合鷗（ゆりかもめ） 127
宵の春（よいのはる） 20

余寒（よかん）160
葭切（よしきり）42
嫁が君（よめがきみ）136
夜の秋（よるのあき）66

ら

立春（りっしゅん）150
竜天に登る（りゅうてんにのぼる）172
龍の玉（りゅうのたま）141
涼新た（りょうあらた）80

わ

公魚（わかさぎ）157
綿虫（わたむし）108

俳句人名索引

あ

相島虚吼（あいじまきょこう）89
青山茂根（あおやまもね）114
赤尾兜子（あかおとうし）48
秋元不死男（あきもとふじお）11 92
芥川龍之介（あくたがわりゅうのすけ）40 64
明隅礼子（あけずみれいこ）54
朝吹英和（あさぶきひでかず）175
あざ蓉子（あざようこ）83
安住敦（あずみあつし）46 176
阿部完市（あべかんいち）165
安倍真理子（あべまりこ）172
天野きく江（あまのきくえ＊）137
有馬朗人（ありまあきと）138
阿波野青畝（あわのせいほ）18 165

飯島晴子（いいじまはるこ）39
飯田蛇笏（いいだだこつ）75
飯田龍太（いいだりゅうた）162
五十崎古郷（いかざきこきょう）88
五十嵐播水（いがらしばんすい）25
池田澄子（いけだすみこ）19
井越芳子（いごしよしこ）50
いさ桜子（いささくらこ）169
石井いさお（いしいいさお）169
石川桂郎（いしかわけいろう）19
石田勝彦（いしだかつひこ）29
石田郷子（いしだきょうこ）81 96
石田波郷（いしだはきょう）25 106
石塚友二（いしづかともじ）172
磯貝碧蹄館（いそがいへきていかん）19
磯直道（いそなおみち）86
伊丹三樹彦（いたみみきひこ）170

市堀玉宗（いちぼりぎょくしゅう）87
市村究一郎（いちむらきゅういちろう）35
伊藤松宇（いとうしょうう）172
井上弘美（いのうえひろみ）109
茨木和生（いばらきかずお）46 72
今井杏太郎（いまいきょうたろう）109
今泉礼奈（いまいずみれな）39
今井聖（いまいせい）89
今井千鶴子（いまいちづこ）123
今瀬剛一（いませごういち）136
岩岡中正（いわおかなかまさ）166
巌谷小波（いわやさざなみ）35
上島鬼貫（うえしまおにつら）170
上田五千石（うえだごせんごく）85
上村占魚（うえむらせんぎょ）36
宇佐美魚目（うさみぎょもく）90 167
臼田亜浪（うすだあろう）137

宇多喜代子（うだきよこ）46 53
遠藤由樹子（えんどうゆきこ）111 164
大石悦子（おおいしえつこ）31
大石香代子（おおいしかよこ）78
大石雄鬼（おおいしゆうき）142
大木あまり（おおきあまり）67
大串章（おおぐしあきら）164
大谷弘至（おおたにひろし）62
大橋敦子（おおはしあつこ）42
大橋越央子（おおはしえつおうし）74
岡井省二（おかいしょうじ）143
岡田由季（おかだゆき）105
岡部六弥太（おかべろくやた）60
岡本眸（おかもとひとみ）131 141
小川春休（おがわしゅんきゅう）173
小川楓子（おがわふうこ）70
奥坂まや（おくざかまや）76 168
奥名春江（おくなはるえ）52 136
越智友亮（おちゆうすけ）77
小野あらた（おのあらた）154

か

櫂未知子（かいみちこ）123
甲斐由起子（かいゆきこ）21
加賀千代女（かがのちよじょ）89
鍵和田秞子（かぎわだゆうこ）133
角谷昌子（かくたにまさこ）125 175
樫本由貴（かしもとゆき）74
柏原眠雨（かしわばらみんう）21
片山由美子（かたやまゆみこ）122 157
桂信子（かつらのぶこ）72
加藤暁台（かとうきょうたい）111
加藤楸邨（かとうしゅうそん）13 73 144
加藤瑠璃子（かとうるりこ）55
金井文子（かないふみこ）156
金子敦（かねこあつし）131
金子兜太（かねことうた）67 111 154
神蔵器（かみくらうつわ）126
川端茅舎（かわばたぼうしゃ）26 87 104
河東碧梧桐（かわひがしへきごとう）136
川村五子（かわむらゆきこ）175
神蛇広（かんじゃひろし）29
菊池麻風（きくちまふう）88
木倉フミヱ（きくらふみえ）98
如月真菜（きさらぎまな）166
岸原清行（きしはらきよゆき）85
北大路翼（きたおおじつばさ）118
木村蕪城（きむらぶじょう）42 157
清崎敏郎（きよさきとしお）66
草間時彦（くさまときひこ）105 160
久保田万太郎（くぼたまんたろう）68 152
久米三汀（くめさんてい）85
黒川悦子（くろかわえつこ）95
桑原三郎（くわばらさぶろう）69
小池康生（こいけやすお）95
神野紗希（こうのさき）17 120
河野照子（こうのてるこ）113
こしのゆみこ 25
小島健（こじまけん）32 154
小島政二郎（こじままさじろう）72
児玉輝代（こだまてるよ）123
後藤比奈夫（ごとうひなお）94

後藤夜半（ごとうやはん）15 173
小西来山（こにしらいざん）152
小林一茶（こばやしいっさ）14 164
小林貴子（こばやしたかこ）27 90
小檜山霞（こひやまかすみ）108
駒木根淳子（こまきねじゅんこ）122
近藤實（こんどうみのる）74
今野福子（こんのふくこ）14

さ

斎藤夏風（さいとうかふう）60 130
斎藤空華（さいとうくうげ）166
齋藤玄（さいとうげん）70
西東三鬼（さいとうさんき）76 131 153
齋藤朗笛（さいとうろうてき）144
酒井弘司（さかいこうじ）151
榮猿丸（さかえさるまる）31
阪西敦子（さかにしあつこ）99
佐々木建成（ささきけんせい）91
佐藤鬼房（さとうおにふさ）118 146
佐藤春夫（さとうはるお）10
里川水章（さとかわすいしょう）161
澤好摩（さわこうま）61
澤田和弥（さわだかずや）57
塩野谷仁（しおのやじん）146
篠崎央子（しのざきひさこ）106
柴田白葉女（しばたはくようじょ）54
芝不器男（しばふきお）139
渋川京子（しぶかわきょうこ）99
澁谷道（しぶやみち）34
島田牙城（しまだがじょう）40
嶋田麻紀（しまだまき）101
下坂速穂（しもさかすみほ）159
須川洋子（すがわようこ）15
杉田菜穂（すぎたなほ）27
杉田久女（すぎたひさじょ）61
杉原祐之（すぎはらゆうし）46 58
鈴木厚子（すずきあつこ）12
鈴木鷹夫（すずきたかお）132
鈴木花蓑（すずきはなみの）82
攝津幸彦（せっつゆきひこ）44
十亀わら（そがめわら）143

た

対中いずみ（たいなかいずみ）127
高木晴子（たかぎはるこ）29
高倉和子（たかくらかずこ）130
高勢祥子（たかせさちこ）98
髙田正子（たかだまさこ）17
高野素十（たかのすじゅう）38 130
高野ムツオ（たかのむつお）168
高橋淡路女（たかはしあわじじょ）118
高橋悦男（たかはしえつお）124
高橋睦郎（たかはしむつお）12
高畑浩平（たかはたこうへい）42
高浜虚子（たかはまきょし）38 160
髙柳克弘（たかやなぎかつひろ）27 60
宝井其角（たからいきかく）128
竹内弥太郎（たけうちやたろう）71
田島健一（たじまけんいち）56
田中亜美（たなかあみ）38 141

棚山波朗（たなやまはろう） 110
種田山頭火（たねださんとうか） 39
津川絵理子（つがわえりこ） 49 109
津久井紀代（つくいきよ） 103
津久井健之（つくいたけゆき） 66 102
辻田克巳（つじたかつみ） 96
辻桃子（つじももこ） 176
津田このみ（つだこのみ） 114
坪内稔典（つぼうちねんてん） 159
寺澤一雄（てらさわかずお） 83
寺島ただし（てらしまただし） 113
寺山修司（てらやましゅうじ） 34
遠山陽子（とおやまようこ） 102 167
常世田長翠（とこよだちょうすい） 96
戸塚時不知（とつかときしらず） 41
富澤赤黄男（とみざわかきお） 80 115 142
富安風生（とみやすふうせい） 45 63
友岡子郷（ともおかしきょう） 142

な

中尾公彦（なかおきみひこ） 15
仲寒蟬（なかかんせん） 74
中嶋鬼谷（なかじまきこく） 67
中島畦雨（なかじまけいう） 52
永島靖子（ながしまやすこ） 101
長嶋有（ながしまゆう） 82
中田剛（なかたごう） 32
永田耕衣（ながたこうい） 53 154
中塚一碧楼（なかつかいっぺきろう） 22
中西夕紀（なかにしゆき） 140
中原道夫（なかはらみちお） 28 168
中村草田男（なかむらくさたお） 36 141
なつはづき 80
夏目漱石（なつめそうせき） 43 80 134
行川行人（なめかわこうじん） 76
成田千空（なりたせんくう） 96
成井侃（なるいただし） 137
名和隆志（なわたかし＊） 116
名和佑介（なわゆうすけ＊） 99
西島麦南（にしじまばくなん） 173
西宮舞（にしみやまい） 102
西村麒麟（にしむらきりん） 71
西山睦（にしやまむつみ） 44
仁平勝（にひらまさる） 175
根岸善雄（ねぎしよしお） 157
能城檀（のうじょうまゆみ） 110
野口る理（のぐちるり） 24 87
能村研三（のむらけんぞう） 128

は

橋本鶏二（はしもとけいじ） 140
橋本多佳子（はしもとたかこ） 86 147
長谷川秋子（はせがわあきこ） 110
長谷川双魚（はせがわそうぎょ） 18
波多野爽波（はたのそうは） 16 62 144
波戸岡旭（はとおかあきら） 161
馬場龍吉（ばばりゅうきち） 115
濱田順子（はまだじゅんこ） 116
原石鼎（はらせきてい） 10 171

原ゆき（はらゆき）152
日隈恵理（ひぐまえり）162
日夏耿之介（ひなつこうのすけ）21
平井さち子（ひらいさちこ）54
平畑静塔（ひらはたせいとう）24
福永耕二（ふくながこうじ）49 129
ふけとしこ 62
藤井あかり（ふじいあかり）132 148
藤田湘子（ふじたしょうし）127
藤田直子（ふじたなおこ）145
藤本智子（ふじもとともこ）150
布施伊夜子（ふせいよこ）58
古舘曹人（ふるたちそうじん）68
坊城俊樹（ぼうじょうとしき）76 133
星野立子（ほしのたつこ）64
星野恒彦（ほしのつねひこ）34
星野麥丘人（ほしのばくきゅうじん）11
細見綾子（ほそみあやこ）159
細谷源二（ほそやげんじ）145
本多遊子（ほんだゆうこ）27

ま

前川弘明（まえかわひろあき）54
前田吐実男（まえだとみお）152
正岡子規（まさおかしき）17 122
正木ゆう子（まさきゆうこ）125 170
松尾芭蕉（まつおばしょう）44 66 110 150
松澤昭（まつざわあきら）46 119
松田美子（まつだよしこ）35
松野苑子（まつのそのこ）63
松本たかし（まつもとたかし）52
眞鍋呉夫（まなべくれお）101
三嶋隆英（みしまりゅうえい）136
美杉しげり（みすぎしげり）104
水原秋桜子（みずはらしゅうおうし）108
水原春郎（みずはらはるお）98
三橋鷹女（みつはしたかじょ）26 150
三橋敏雄（みつはしとしお）68 124
皆川盤水（みながわばんすい）11
南十二国（みなみじゅうにこく）139
皆吉爽雨（みなよしそうう）33
三村純也（みむらじゅんや）53
宮入聖（みやいりひじり）31
宮坂静生（みやさかしずお）34
武藤紀子（むとうのりこ）57
村上鬼城（むらかみきじょう）13 96
村上喜代子（むらかみきよこ）56
村上鞆彦（むらかみともひこ）42
村木海獣子（むらきかいじゅうし＊）129
室生犀星（むろうさいせい）158
茂木連葉子（もぎれんようし）61
望月周（もちづきしゅう）13
森賀まり（もりがまり）91 138
森澄雄（もりすみお）134
森田純一郎（もりたじゅんいちろう）127
森田峠（もりたとうげ）125

や

柳生正名（やぎゅうまさな）154
矢口晃（やぐちこう）108

矢島渚男（やじまなぎさお） 113
安田北湖（やすだほっこ） 28
山川幸子（やまかわゆきこ） 85 95
山口昭男（やまぐちあきお） 49
山口誓子（やまぐちせいし） 40 81 103
山口青邨（やまぐちせいそん） 91
山口草堂（やまぐちそうどう） 58
山下知津子（やましたちづこ） 116
山田佳乃（やまだよしの） 77
山西雅子（やまにしまさこ） 115
山根真矢（やまねまや） 118
山本洋子（やまもとようこ） 150
山本良明（やまもとよしあき） 44
柚木紀子（ゆきのりこ） 146
与謝蕪村（よさぶそん） 20 94
依田明倫（よだめいりん） 20

わ

脇村禎徳（わきむらていとく） 103
鷲谷七菜子（わしたにななこ） 83
渡辺白泉（わたなべはくせん） 71

＊印のある作者氏名の読みは、資料等で確定できなかったため、編集部で暫定的に付したものです。

文　赤田美砂緒
写真構成　山下青史
デザイン　戸塚泰雄（nu）

編集人　中島三紀

いきもの歳時記《さいじき》365日《にち》

印刷　2025年3月20日
発行　2025年4月5日

編者　俳句《はいく》αあるふぁ編集部《へんしゅうぶ》
発行人　山本修司
発行所　毎日新聞出版
〒102-0074
東京都千代田区九段南1-6-17 千代田会館5階
営業本部　03-6265-6941
図書編集部　03-6265-6745
印刷・製本　光邦

ISBN 978-4-620-32832-4